お会式の夜に

黒野伸一
Shinichi Kurono

廣済堂出版

お会式の夜に

目次

十月の十二日、池上の本門寺、
東京はその夜、電車の終夜運転、
来る年も、来る年も、私はその夜を歩きとほす、
太鼓の音の、絶えないその夜を。

来る年にも、来る年にも、その夜はえてして風が吹く。
吐く息は、一年の、その夜頃から白くなる。
遠くや近くで、太鼓の音は鳴つてゐて、
頭上に、月は、あらはれている。

中原中也「お会式の夜」より

お会式の夜に

一　仕方なく引っ越しては来たけれど

どこを向いても、墓墓墓。どこを歩いても、寺寺寺……。

いったいどんな町に越して来たのよ、と紺野美咲(こんのみさき)は独りごちた。

目の前にそびえ立つのは、五重塔。その周りは、辺り一面墓石に覆(おお)われている。向こうには力道山の墓もあるんだよ、と偶然すれ違った見知らぬお爺(じい)さんが、自慢気に教えてくれた。力道山って誰？　と思ったが「そうですか、凄いですね～」とわざとらしく目を剝(む)いてやった。

ここは池上(いけがみ)にある、本門寺(ほんもんじ)という大きなお寺の墓地。

こんな広大な墓地は見たことがない。真新しい御影石(みかげいし)のお墓から、飛行機も車もない時代に建てられたに違いない、摩耗した遺跡のようなお墓まで、より取り見取り。お墓の研究家が訪れたら涎(よだれ)を垂らして、一基一基見て回ることだろう。

何やら難しい漢字が書かれた、昔のスキー板のようなものも、至る所に立てかけられている。高校生の時に観たホラー映画に出て来た悪霊が、あの薄気味悪い板で人を串刺しにして笑っていた。

お父さん、ゴメン。やっぱりあたし、この町、どうもダメだ……。

父の墓標の前で手を合わせながら、美咲は謝った。

父は二ヶ月前に逝った。その三ヶ月前には祖母が逝った。父の介護の甲斐なく祖母が旅立ち、三ヶ月後に後を追うように父が脳卒中で倒れたのだ。高校卒業以来ほとんど顔を合わせていない父を、もっとサポートしてあげればよかったと今では悔やむ。

祖母も父もいなくなった池上のマンションに、最近越して来た。美咲の相続物件だったし、渋谷の社宅マンションは、失業したので追い出された。

昔は市野倉に一軒家を構えていたが、祖父の死後一人になった祖母は、大きな家を持て余し、池上通りに建ったばかりの新築マンションに越して来た。二階の、日当たりもよく、洒落た二ＬＤＫである。

マンションの部屋自体は悪くないが、周囲の環境が若い美咲には気鬱だった。「お山」と呼ばれる池上本門寺を頂点に、二十四ものお寺がある門前町。当然墓地もそこかしこに存在する。

先日観光気分でお山を散策していた時、道に迷ってしまった。

夕日に映える麓（ふもと）のビル群が綺麗で見とれていたところ、唐突にここが墓地のど真ん中だったことに気づいた。さっきまで周囲にいた、美咲と同じような観光客の姿はもうない。日は急速に暮れ、虫の音（ね）が聞こえてく来る。

早く帰らなければ。

急いで目の前にあった階段を下った。しかし、行けども行けども墓地からは抜けられない。何か見えない力が、自分をここに留まらせているのかと、背筋が冷たくなった。

……こっちじゃない。あっちが家の方向なはず。

途中で階段を降り、墓標の間を真っ直ぐに進むと、行き止まりだった。仕方なく左に折れ、また左に、今度は右に曲がった。もうどこを歩いているやらサッパリわからなかった。

唐突に別の階段が現れたので、迷わず下った。ともかく早く、下界に降りたかった。

着いた場所は下界ではなく、さらに寂（さび）れた墓所。江戸時代かそれよりもっと前の、摩耗して苔（こけ）が生えた古い墓標が所狭しと並んでいる。雑草が伸び放題なのは、人がほとんど寄りつかないせいだろう。

生暖かい風がうなじをくすぐった。邪（よこしま）な力が「お前はもうここから逃げられないぞ」とほくそ笑んでいるような気がした。自分はここで死ぬかもしれない、と本気で慄（おのの）いた。

……でもあたし、まだ二十八だよ。結婚もしてないし、子どももいない。彼氏さえいないんだよ。

こんなところでくたばってたまるものか。

目を凝らすと、暗闇の中に出口が浮き上がった。あの階段を降りれば、ここから抜けられる！

脚に力が入った。階段にたどり着き、下った。恐ろしく足場の悪い、古い階段だった。踏み外しそうになり、慌てて手すりにしがみついた。

木々の合間から、黒い巨大な何かが見えてきた。円柱の胴体の上に、ピラミッドのような屋根。石油タンクかと見まがうばかりの大きさだ。

古代に造られたロケット？　もしかしたら、宇宙人が乗って来たのかもしれない。

そんなことあるわけないじゃない！　と打ち消そうとした時、近くの藪ががさごそと音を立てた。今から思えばノラ猫か何かだったのだろうが、その時の美咲は、理性が消し飛んでいた。

「ギャーッ！」と野太い悲鳴を上げ、一目散に走った。

広い場所に出たが、相変わらず周囲は墓石で埋め尽くされていた。正面に上り階段が見える。二段跳びで上まで昇ると、T字路に突き当たった。交差しているのも階段だ。

ここなら通ったことがある。お山の麓に通じる大坊坂だ。へなへなとその場に崩れ落ちそうになった。やっと生きて墓場地獄から抜け出すことができる。汗で濡れたシャツが、べったりだ。

と背中にへばりついていた。

この時の経験から、日が暮れてからは絶対にお山の周辺をうろついてはいけないことを学んだ。


「……そういうことがあったんだよ、お父さん」

紺野家代々の墓に向かって、美咲は語りかけた。池上で農家をやっていた曾祖父が建てた古い墓。長男の祖父が引き継ぎ、一人息子の父が継いだ。そして今は一人娘の美咲が、お墓を守っている。

正直、こんな辛気(しんき)臭い所から引っ越して、都心にあるオシャレなマンションタイプのお墓にでも改葬したい。しかし、それなりの費用がかかるだろう。収入の当てもないのに、大きな出費は避けたい。今のところは池上にしがみつく以外、方法はない。

「じゃ、また来るから」

父が大好きだったコップ酒をお供えし、墓標を後にした。

昔から酒癖の悪い人だった。父に愛想をつかした母は、美咲が小学五年生の時に離婚し、バツイチで子持ちの男と再婚した。母とはもう十年以上音信不通だ。新しい家族と一緒に、オーストラリアに移り住んだと風の便りに聞いた。

美咲も父とうまくいっているとは言い難かった。だから高校を卒業するとすぐ、都会の大学に進学し、実家を離れた。盆も暮れも、実家には戻らなかった。電話やメールのやり取りで十分だと割りきった。

社会人になってからは、たまに帰ったが、父娘の会話が盛り上がるわけではなかった。話すことなどほとんどないので、テレビのニュースを眺めていると、そのうち酒に酔った父が「格差社会になったのは、国や大企業のせいだぞ。お前の会社も同罪だ。国民から搾取してる」などと管を巻き始めるので、無言で立ち上がり、帰り支度を整えるのだった。

美咲が勤めていたのは、大手の工作機械メーカー。大企業とはいえ、国民から搾取できるほど政権べったりではない。むしろ何の保護もないので、新興工業国に追い抜かれ、汲々とした状況に陥っていた。だから美咲は、リストラの憂き目に遭った。

父は不動産仲介の会社を経営していた。儲かっている時もあったが、儲からない時も多かった。会社が赤字を出す度に、政府は大企業ばかり優遇していると愚痴をこぼした。

そんな父が五十八の時に、祖母が認知症になった。父は会社を部下に任せ、祖母のマンションに移り住み、介護を始めた。学生の頃、グレて散々迷惑をかけたせめてもの罪滅ぼしだと言っていた。

手伝わなければと思いつつ、会社が大変な時期だったこともあり、美咲が池上に出向くことはまれだった。たまに手伝いに行けば、孫の顔すらわからなくなった祖母と対面した。おろおろしていると「お前がいても邪魔なだけだから、無理しなくてもいいんだぞ」と父に叱責された。父にもストレスが溜まっていた。

祖母が誤嚥性肺炎で逝ってしまうや、今度は、介護から解放され、やっと一息ついた父が脳卒中で倒れた。すぐに救急車を呼べば助かったらしいが、一人暮らしの身である。発見された時には、すでに死後数十時間が経過していた。

こうして美咲は家族すべてを失った。

おまけに父が亡くなる一週間前には、仕事も失った。

自分の人生は、呪われているとしか思えなかった。

マンションに帰り、郵便ポストを覗くと封書が入っていた。一瞬ドキリとし、矢も盾もたまらず、その場で開封した。

「先日は当社入社試験にご応募いただき、誠にありがとうございました。厳正なる選考の結果、残念ながら今回は採用を見送りましたことをご連絡申し上げます……」

これで五社目だった。その場で破り捨てようかと思ったが、考え直し、不採用通知を部屋まで持って帰って、ガスコンロで燃やした。ボッと火が点き、燃え上がったので、危うく髪の毛を焦がすところだった。床に落ちた燃えカスを、慌ててスリッパで踏み消した。傷一つなかったフローリングの床に、焦げ跡を作ってしまい、人には絶対聞かせたくないような悪態をついた。

夜は駅前のコンビニで買った豚生姜焼き弁当を貪りながら、バラエティ番組を観た。大御所のＭＣにおべっかばかり使うひな壇芸人が不快で、すぐさまチャンネルを変えた。

満腹になると、目蓋が重くなって来た。気づいたらソファの上で寝ていた。テレビはまだ点いていて、お笑いタレントがマサイ族と相撲を取っていた。テレビを消し、パジャマに着替えただけで、メイクも落とさないまま、美咲はベッドに倒れ込んだ。

翌日、インターフォンの音で目覚めた。

またあいつだ！　と直感した。

眠い目を擦ると気合を入れ、跳ね起きた。ベランダまで行き、勢いよく掃き出し窓を開ける。梅雨入りしたばかりのねっとりとした空気が、全身にまとわりついた。

通りの向こうを見やると、真っ赤なキャップを被り、ランドセルを背負った男子児童が歩いている。

やっぱりあの子だ。毎朝人の家の呼び鈴を鳴らすのは……。

もう四日連続、同じようなことが起きている。最初の日は爆睡していたので、インターフォンに出るのが遅れた。二度、三度鳴らされたような気がする。ようやく眠りから覚め、慌ててモニターを確認すると、誰も映っていなかった。

宅配業者か何かと思った。とはいえ、朝の八時前に配送するのは早すぎやしないか？

翌日にも同じ時刻にインターフォンが鳴った。やはり爆睡していたので、出るのが遅れた。モニターにはまたもや誰も映っていなかった。イタズラかと思ったが、この時点ではまだ確信がなかった。

その翌日、三度同じ時刻に呼び出された。起きてはいたが、トイレに入っている最中だった。出られずにいると、何度もしつこくインターフォンが鳴る。用を足してから、モニターのボタンを押した。黒いランドセルの背中が、画面から消えるところだった。

そして今日、ついに犯人を見つけた。

「ごきげんよう」

突然通行人に声をかけられた。小花模様のワンピースを着た初老の女性である。きちんとメイクをし、日傘を差している。知らない女性だった。

「今日もいいお天気ね」

「あっ、はい」

「絶好のお洗濯日和(びより)だわ」

「そうですね」

洗濯物を一週間も溜めていたことを思い出した。

「どう？　調子は」

「えっ？……まあまあですけど」

この上品な婦人と面識があっただろうか。いや、初対面だ。

「ごきげんよう」

婦人は軽やかな足取りで去って行った。

「ご、ごきげんよう」

老婦人と話している隙に、ランドセルの児童の姿は消えていた。

年齢の割にはピンと伸びた背中を見送った後、家の中に入った。マンションの管理人を除けば、池上に越して来て初めて人と会話を交わしたような気がする。

老婦人に言われたように洗濯を始めた。洗濯物が乾いた頃には、もうすっかりピンポンダッシュ少年のことなど忘れていた。

翌朝の同じ時刻、またインターフォンが鳴った。その日はすでに起床し、着替えも済ませていた。モニターを見る代わりに家を飛び出し、非常階段を駆け降りた。

防火扉を開け、ロビーに出ると、例の赤キャップの背中が見えた。小学六年生くらいだろうか。随分とずんぐりした体型をしている。

「待ちなさい」

　ぎょっとした顔がこちらを振り向いた。ふくよかな頬、整った鼻すじ、太い眉。少年がいきなりダッシュした。美咲は後を追った。

　マンションを飛び出た少年を捕まえるまで、十秒とかからなかった。脚力には自信がある。通りを行き交う人々が、朝っぱらから追いかけっこをしている小学生と若い女を、不思議そうに見ていた。

「待ちなさいったら！」

　追いつき、肩を摑(つか)んだ。少年がこちらを振り向き、キッと眉をつり上げた。

「毎朝チャイム鳴らすの、きみでしょう？　どうしてそんなことをするの？」

　少年が子猿のように歯をむき出した。

「そんな顔すると、ずっとそんな顔のままになっちゃうよ」

「ならねーよ。おばさんこそ、ずっとそんな顔してると、しわくちゃババアになっちゃうぞ」

　おばさん？　ババア？　二十八の独身乙女を捕まえて、おばさん？？　ババア？？

　絶句しているうちに、少年は駆け出した。「待ちなさい！」とは言ったものの、もはや後を追う気力は失せていた。

そんな顔ってどんな顔？　怒った顔をしていると、そんなに老けて見えるの？　無性に鏡で確認したくなった。

「ごきげんよう」

例の上品な婦人だった。昨日と同じワンピースを着て、日傘を差している。

「あっ、おはようございます」

先ほどの捕り物劇を見られていたのかと、頬が火照(ほて)った。

「今日もいいお天気ね」

「そうですね」

「絶好のお洗濯日和だわ」

「はい」

「どう？　調子は」

「えっ？　えっと、あんまり、いいとは言えないですけど……」

やはりさっきの追いかけっこは見られていなかったのだろうか。いや、見ていたが、興味がないのかもしれない。

「ごきげんよう」

「わたし、いくつに見えますか？」と訊(き)きたかったのに、婦人はもう歩き出していた。

家に帰り鏡を見た。眉根を寄せてみるも、老け顔になったかどうかはよくわからない。

ＰＣを起動し、アルバムのアイコンをクリックした。写真を撮られるのは苦手だったが、たまにおせっかいな同僚や友人が、飲み会の写真などを送って来る。消してしまうのも悪いので、一応保存はするものの、見返すことはなかった。

改めて自分の面を見ると、ブスだなと思う。一緒に写っているのが、容姿端麗(たんれい)な同期入社の娘たちなのでよけいに目立つ。コネ入社の彼女たちは、楽な内勤部署に配属され、とっくの昔に寿(ことぶき)退社している。

ジェットコースターに乗っている写真があった。ちょうど落下している時に撮ったショットだ。引きつった顔は老けて見えた。二十八だと言っても、誰も信じてくれないだろう。おばさんと呼ばれても仕方ないかもしれない。

にしてもあのガキ、ホントに失礼なやつだ。

どこの子なんだろう？　親はどんな顔をしているのか？

何だかまた無性に腹が立って来た。

もう一度捕まえて、二度とインターフォンを鳴らさないよう、はっきり言って聞かせなくては。先ほどは、言いたいことの半分も言えないうちに逃げられてしまった。とはいえ、少年の住居はわからない。再会するには明朝またピンポンダッシュされるのを待つしかない。

待てよ。

確かお山の麓に小学校があった。おそらくあの小学校に通っているのだろう。下校の時刻に校門前で見張っていれば、捕まえることができるかもしれない。

少年は六年生くらいだったから、六時間目まで授業があるだろう。とすれば、下校の時刻はおそらく四時頃。四時ちょっと前に家を出ればいい。ここから小学校までは七、八分の距離だ。

しかし、少年を見つけたからといって、また捕り物劇をやるのか？　たくさんの下校児童が見ている目の前でそんなことをすれば、通報されてしまう。ならば密(ひそ)かに後をつけて、まずはどこに住んでいるか確かめよう。後のことはそれから考えればいい。

午前中はワイドショーを見ながらダラダラ過ごし、昼食はカップラーメンで済ませた。食べるとすぐ眠くなるので、三十分ほど昼寝をした後、駅前のスーパーに買い物に出かけた。買ったのはお惣菜や、インスタント食品ばかり。マンションに帰り、ふと部屋の中を見回すと、随分と汚らしいことに気づく。これではゴミ屋敷寸前ではないか。

掃除しなければと思いつつ、どこから手をつけていいやらわからない。そうこうしているうちに、時計を見るともうすぐ四時だった。

よし、と気合を入れ、美咲はドレッサーの前に立った。デニムのパンツに白シャツは、我ながらよく似合っていると思う。こういうオーソドックスな格好なら、不審者には見えないだろう。学校のセキュリティは、美咲が子どもの頃に比べ、格段に厳しいはずだ。

池上通りから新参道に折れ、真っ直ぐ進むと呑川が見えてくる。川を渡ればそこはもうお山の麓。目の前にあるのは本門寺の総門で、門の向こうにはお山のてっぺんまで登れる此経難持坂がある。

道は下校途中の児童であふれていた。総門のすぐ隣に小学校がある。一人一人の顔を丹念に確認したが、赤キャップを被った肥満体少年の姿はない。

「こんにちは」

突然背後から声をかけられ、飛び上がりそうになった。振り向くと、作務衣姿の男性が立っている。手には竹ぼうき。歩道の掃除をしていたらしい。

この人、見覚えがある——。

祖母と父の葬儀の際、お経を唱えてくれたお坊さんだ。

「お久しぶりですね。紺野さん」

「お、お久しぶりです」

わたしの名前を覚えていたのかと、美咲は驚いた。

今まさにお坊さんが軒先を掃いているお寺が、祖母と父の斎場だったことを思い出した。紺野家はこのお寺の檀家だ。

「あっ、あの……その節は祖母と父が大変お世話になりました」

ぺこりと頭を下げた。

「いえいえ。今日は、お墓詣(まい)りですか」

「いえ」

池上に越して来たことを話した。

「そうでしたか。どうですか？　池上は」

澄んだ瞳で尋ねて来る。背は大柄な美咲と同じくらい。何だか大人になった一休さんのような人だと思った。

「そうですね。ええと……ナンていうか、厳(おごそ)かで静寂で……」

辛気臭い町です、という言葉をグッと飲み込んだ。大きなお寺とその子分のようなお寺がたくさんあるのに、京都や鎌倉のような華やかさがない——ように思う。

はしゃぎながら下校していた一団が、ドンと背中にぶつかった。すみませ～ん、と謝りながら通り過ぎてゆく。

なぜここに来たのか思い出した。こんなところで立ち話などしている場合ではない。

「どうしましたか？」

急に厳しい顔つきになって、子どもたちに視線を走らせている美咲にお坊さんがたずねた。

「いっ、いえ、何でもないんです。子どもが多いなあ、と思って」

そろそろ赤キャップの少年を捜索したかったが、お坊さんがここにいる限り、不審な動きをすることはできない。

「あの、広島カープみたいな赤いキャップ被った太った男の子、知りません？」

「赤いキャップを被った太った男の子？」

お坊さんが首をひねった。

「小学校六年生くらいの男の子なんですが」

「う～ん。ちょっとわかりませんねえ。その子がどうかしたんですか？」

「いっ、いえ、別に大したことじゃないんですけどね……ではわたし、そろそろ失礼します」

残念ながら、今日はもう引き揚げるしかない。踵（きびす）を返しかけた時、「紺野さん」と呼ばれた。

「何か困ったことがあれば、いつでもお声がけください」

はい、と返事をしたものの、困っていることが多過ぎて何から手をつけていいものやらわからない。取りあえずは、毎朝のピンポンダッシュを何とかしたいのだが――。

家に帰ってシャワーを浴びた。毎年のことだが、この季節は湿気が多くて閉口する。気温はさほど高くはないので、長袖などを着て家を出ると、途端に汗だくになってしまう。

表では雨がしとしと降り始めていた。ここ数日晴れ間が続いていたが、いよいよ梅雨前線到来らしい。

シャワーから出て、冷蔵庫を開け、缶ビールを手に取った。プシュッとプルトップを起こし、グラスに空けず、缶のままゴクゴク飲む。喉が無性に渇いていた。

缶を口から離し、ブハーッと息を吐く。心地よいだるさが全身に染みわたった。お酒を飲むのは久しぶりだ。しかし、元来アルコールは嫌いではないので、一度飲むと、とことん飲みたくなる。

スウェット姿のまま、近所のスーパーに出かけた。ビールと缶酎ハイ、つまみのスナック菓子を買い、家に戻った。長椅子に座り、夕方のニュースを観ながら、缶酎ハイをあおった。バッグから煙草を取り出し、久しぶりに火を点けてみる。

リストラと父の死。不幸が続いた時は、浴びるほど飲んだ。そのせいで身体を壊し、しばらくは禁酒していた。

でも、たまにはいいじゃない。

フ〜ッと大きく煙草の煙を吐き出した。

近頃、胃腸の調子はすこぶるいい。肝臓も元気を取り戻したような気がする。それに、お酒はやっぱりおいしい。酒好きは父親ゆずりだ。

半分ほど吸った煙草を、もみ消した。パタパタと紫煙をあおぎ、酎ハイをゴクリと飲む。

ポテトチップスを十枚ほどいっぺんに口の中に放り込み、アルコールと一緒に食道に流し込んでいるうちに、目蓋が重くなって来た。しばらくウトウトしていたが、そのうちに意識が飛んだ。目覚めた時には、夕方のニュースが深夜のバラエティに変わっていた。

夕食をとらなければと思いつつ、食べかけのチップスばかりに手が伸びる。残しても湿気ちゃうかもしれないし、というのは言い訳で、要は動きたくないのだ。ご飯は炊いていないし、パスタはゆでるのに時間がかかる。おかずも買い置きがない。

チップスを食べていると喉が渇くので、また缶酎ハイを開けた。テーブルの上にはすでに潰れた空き缶が山積みになっている。

またもや睡魔が襲って来た。ベッドに行かなければと思いつつ、身体に力が入らない。テレビの音声が徐々に遠ざかってゆく。「せめて、テレビを消さないと」とリモコンを探すが、どこにあるやらわからない。

目覚めることができたのは、インターフォンが鳴ったからだった。それも一度や二度ではない。何度も何度も、しつこく鳴らされた。

寝惚け眼を擦り、上体を起こすや、這うようにモニターに向かった。画像を映し出すも、誰もいない。

くそっ。またあのガキだ……。

ベランダに向かった。掃き出し窓を開けると、昨日の夕方から降り始めた雨が、まだやんでいないことに気づいた。黒や透明の傘が行き交う中、例の少年の姿を確認することはできなかった。

午後になり、雨脚はやんだ。

家の中に閉じこもっていると息が詰まりそうになるので、電車に乗って川崎に行ってみた。池上から神奈川県の川崎まではほんの僅(わず)かな距離だ。

久しぶりに行く川崎は、栄えていた。西口には巨大なラゾーナ川崎があるし、東口にも何やらヨーロッパ風のオシャレな一画ができ上がった。映画館やライブハウス、フットサルのコートなどもあり、活気にあふれている。墓場だらけの池上とは大きな違いだ。

ソフトクリームを舐めながら、あちこちのショップを見て回った。平日にも拘(かか)わらず、やたら若いカップルが多い。ジメジメした陽気なのに、べったりとくっついて歩くカップルが疎(うと)ましくも、羨(うらや)ましかった。

彼氏がいたのは遠い昔のような気がする。社会人になって一年目に、友だちから男を紹介された。真面目で優しそうな銀行員。第一印象は悪くなかった。

二人とも忙しい合間を縫(ぬ)ってデートを重ねた。若干潔癖症の気はあったものの、満点に近い彼氏だった。

うっすらと結婚も考え始めた頃、連絡が取れなくなった。何度メールを打っても、返事がない。電話も繋がらなかった。別の女性と繁華街を歩いているのを見かけたと、人づてに聞いた。たまらなくなって、直接男の家に出向くことにした。夜の十一時を回っていたので、深夜残業でもしていない限り、会社の寮にいるはずだった。果たして彼はいた。玄関脇の小窓から、うっすらと明かりが漏れている。

周囲の迷惑も顧みず、扉を乱暴に叩き、「開けて」と叫んだ。ドアが開き、顔を出した男は左右を確認しながら、中に入れと押し殺した声で言った。

玄関の三和土には、小さなハイヒールがあった。大足の美咲にはとても履けそうにないサイズだった。

部屋の奥でガサゴソと誰かが動く気配がした。

脱ぎかけた靴を再び履いた。どうしてという思いを込めて男の顔を見つめたが「酒臭いな」と顔をそむけられた。確かにお酒の力を借りていた。

「どうして?」と今度は声に出して訊いてみた。

「美咲はがさつなんだよ」

がさつ?　そんな風に見られていたことなど、まるで気づかなかった。ホラ、気づいていないところががさつなんだよと、ダメ押しされた。

「とにかくもう帰ってくれ」

男の肩越しに、ドアの隙間からこちらを窺う人影が見えた。黒目がちの瞳は、おびえていた。

言われるまでもなく回れ右をして寮を出た。別れの挨拶すらしなかった。

かれこれ、四年前の話だ。それ以来美咲には彼氏がいない。

キャッキャとはしゃぎながら通り過ぎるカップルを尻目に、大きなため息をついた。西の空が赤く染まり始めている。

京浜東北線に乗り、蒲田で池上線に乗り換えた。池上は蒲田から二駅だ。池上駅に着くと改札を抜け、商店街を歩いた。

ふと前を見ると、見覚えのある顔が、こちらに向かって歩いて来る。

あの少年だ！　向こうもこちらに気づき、瞳を見開いた。てっきりそのまままた逃げるのかと思いきや、今度は何かを思い出したような表情になり、しきりにズボンの尻ポケットをまさぐっている。取り出したのは、ぐしゃぐしゃになった紙切れだった。

近づいて来て、紙切れを美咲に手渡した。封書だった。紺野美咲様と書いてある。

わたし宛ての封書を何で持ってるの？

少年がダーッと駆け出した。追いかけるより中身が気になった。差出人は、以前採用試験を受けたとある企業。ファンシーグッズの製造販売をする会社で、営業職の中途社員を募集していた。主力商品である栄養失調のカバや、肥満体のキリンのキャラが大好きだったので、迷わず入社試験を受けた。

手ごたえは悪くなかった。筆記は合格点と言われたし、面接官とも話が弾んだ。受かるかもしれないと期待していたのに、ちっとも通知が届かないので、やきもきしていた。

人気のない路地に入り、封筒を開けてみた。

採用の二文字を見るなり、思わず手紙を胸に抱きしめ天を仰いだ。神様はまだ、わたしを見捨てていない。

しかし、日付を確認すると一週間も前だった。末尾には可及的速やかに連絡するようにと書いてある。慌ててスマホを取り出し、先方に連絡を入れた。もう就業時間を過ぎていたが、緊急事態だ。

ほとんどの社員が帰宅した後だったのだろう。あちこちをたらい回しにされた挙句、ようやく人事部取締役という人物に繋がった。そんな偉い人に繋げてもらう必要はなかったのに、と恐縮しながら事情を説明するなり「残念ながら、もう遅いです」と冷たく言われた。

「お返事がなかったもので、別の候補の方に決まりました。先ほどのことですよ」

そんな……。一週間も待てないの??

何とかなりませんかと粘ったが、取締役は手遅れだと繰り返すばかりだった。

「ちょっとした手違いで、手元に通知が届いたのは、つい五分前なんです」

「不幸なアクシデントでしたね。しかし、こちらにも都合がありますので。失礼、海外からのお客さんを待たせていましてね。もう出なければいけませんので」

ブツリと電話が切れ、ツーツーというトーンが無情に流れた。

男だらけの汗臭い工作機器メーカーをクビになり、今度は女子力を存分に発揮できる職に就こうと意気込んでいたのに。この会社が第一志望だったのに。試験に合格し、採用通知までもらっていたというのに——不採用とは……。

なぜこんなことになった?

そうだ、あのガキだ!

あのふてぶてしいメタボ少年が、なぜか自分宛ての手紙を持っていた。おそらくイタズラ半分に郵便ポストに手を突っ込み、盗んだのだろう。悪さはピンポンダッシュだけではなかったのだ。許せない。今度会ったら、絶対にとっちめてやる。

美咲は固く拳(こぶし)を握りしめた。

二　最悪の環境

「それではこれから、三年一組の学級裁判を始めます。皆さん、静粛に」

美濃部翔がどこからか調達してきた木槌で、カンカンと教卓を叩いた。

「被告人、席を立たないでください。ここは法廷ですよ」

紺野尊は、ぶぜんとした顔で、学級委員長の美濃部をにらんだ。美濃部はにらみ返すわけでもなく、冷めた視線を尊に投げかけた。教壇に座っているから、文字通り見下している。

もう放課後だからとっとと帰りたいのに、美濃部とその取り巻きたちに捕まってしまった。よくわからないが、裁判ごっこのようなものにつき合わされているらしい。だとしたら俺の役は何だ？　被告人って何のことだっけ、と尊は首を傾げた。

「では、原告代理人。供述してください」

「はい」

副委員長の白鳥綾香が立ち上がった。

「紺野くん、いえ、被告人は、掃除をよくサボります。先週は月曜日と火曜日と水曜日と金曜日の四回。木曜日にはわたしが注意しましたから三分だけモップ掛けをしましたが、すぐにどこかに行ってしまいました」

本人さえ覚えていないことをよく覚えているな、と尊は驚いた。美濃部も苦手だが、白鳥はもっと苦手だ。

「今週も掃除当番なのに、サボりました。わたしの知る限りこれで十三回、掃除をサボっています。メモを取っているので正確な数字です」

「そのメモをぼくに見せてください」

白鳥がウサギのイラストが入ったピンクのノートを美濃部に手渡した。媚(こ)びたような目をしている。美濃部は白鳥の視線には答えず、しかつめらしくノートに目を走らせ、大きく鼻を鳴らすと「これを裁判員にも見せてください」と命令した。

カッコつけてんじゃねえよ。お前だって白鳥のことが好きなんだろ美濃部、と尊は心の中であざ笑った。

裁判員とかの役をやっているらしいクラスの連中は六人いた。順繰りにノートを見ながら、美濃部に倣(なら)うように尊大なため息をついた。

「それだけではありません」

白鳥が続ける。

「被告人は今日の昼休み、三枝(さえぐさ)さんを突き飛ばしました」

「突き飛ばしてねえよ」

「静粛に」

美濃部が、カンカンと木槌で教卓を叩いた。

「被告の発言は許されていません。供述を続けてください」

「はい、裁判長。被告人は昼休み、校庭で遊んでいた三枝さんを突き飛ばしたんです。三枝さんは転んで膝に怪我をしました。すぐに保健委員が保健室に連れて行き、手当てをしました」

千沙ちゃんと呼ぶと、三枝が白鳥の陰からおずおずと顔を出した。怪我をした膝を美濃部に見せている。怪我といっても大したものじゃない。肌色の絆創膏が貼ってあるだけで、包帯も巻かれていない。

昼休み、同じクラスの石川とキャッチボールをしていた。それほど仲がよいわけではないが、クラスで石川だけが唯一の遊び相手だった。石川が投げたフライ気味のボールを取るため、ゆっくりと後退していた時、突然背中に衝撃を覚えた。振り返ると、ひっくり返った三枝が膝を抱え、半べそをかいている。傍らには、女子の間で人気の水玉模様のラバーボールが転がっていた。

ぶつかって来たのは、三枝のほうだ。三枝もキャッチボールに夢中になり、こちらに気づかなかったのだろう。小柄な三枝は、重量級の尊にぶつかり、吹っ飛ばされた。

「大丈夫ですか？」

美濃部が質すや、三枝は「まだ痛いです」と答えた。美濃部が大げさに眉をひそめる。尊を除く全員が同じ表情をした。

「だから、俺は突き飛ばしてねえって——」

女子のせいにするなんてサイテー！　とどこからともなく野次が飛んだ。

「被告代理人、何か言うことはありますか」

気がつくと、いつの間にやら傍らに石川がいた。被告代理人と呼ばれ、俺のことかと、人差し指を己に向ける。

「そうです。きみが被告代理人です。被告代理人は普段被告と仲がいいでしょう」

ヒコクダイリニンってナンだ？　と石川がささやいた。知るかよ、俺に訊くなと答えた。

「被告代理人。きみは被告人を弁護するために呼ばれたのです。それに昼休み、被告と一緒にいたのもきみでしょう。状況を説明してください」

「えぇっと……うんとー……俺、ぼくは紺野くんとボール投げをしていて……」

石川が暫し考え込んだ。「どうぞ、続けて」と美濃部が急かす。

「……それでボールを投げたら、紺野くんがドンとぶつかって……」

「ぶつかったのは被告のほうなんですね」

「ええとー、ドンとぶつかってー……」

「それで原告、つまり三枝さんが突き飛ばされた？」

「ドンとぶつかって、三枝さんがドンと倒れました」

やっぱり突き飛ばしたんじゃないか、と怒号が飛ぶ。こりゃダメだと尊は頭を抱えた。

「被告人、突き飛ばしたのですね。認めますか」

尊は黙っていた。反論しても、嘘だと言われるだけだ。自分を弁護するために呼ばれた石川は、逆に火に油を注いでいる。

美濃部が白鳥を見すえながら「しょうがないやつだ」とでも言わんばかりに、首を重々しく左右に振った。白鳥のほうは見つめられた嬉しさに顔をほころばせ、何度もうなずいている。

「原告代理人、他につけ加えることはありますか？」

「あります」

白鳥が得意気に口を開いた。

「先週のことです。わたしと加賀美さんが廊下を歩いていたら、被告人ともう一人の人がトイレの前でにらみ合っていました。相手は二組の中田（なかだ）くんです。そしたらいきなり被告人が中田くんの胸倉を摑んで、今にも殴り合いの喧嘩が始まりそうな気配でした……」

皆がそれから どうなったと、興味津々な顔で白鳥を見つめる。

「でも、偶然通りかかった四年の先生が『何をやってるんだ』って声をかけたら、手を放してトイレに入って行きました。中田くんも何も答えないで、教室のほうに歩き始めました」

皆、落胆していた。まあ、六年生と間違われるほどでかい俺と、同じようにでかい中田裕也（ゆうや）が取っ組み合いをしようとしていたのだから、どっちが強いか知りたかったんだろう。

「それは本当ですか？　被告人」

美濃部が質した。尊は答えなかった。クラスは違うが、転校して来た日から中田は気になる存在だった。三年生では自分が一番大きいと思っていたのに、さらにでかそうなやつが隣のクラスにいる。先方もこちらを意識しているようで、廊下などですれ違う度に視線を感じた。

その中田と先日、トイレの前でばったり鉢合わせした。尊は素早く相手の体格を確認した。身長は僅（わず）かばかりだが、中田のほうが高い。しかし、横幅では負けていない。目と目が合うや、中田が小さく「退（ど）けよ」と言った。尊は退かなかった。先に胸倉を摑んで来たのは向こうのほうだ。だから負けじと同じことをした。

「被告人。答えないのなら、認めたと取りますよ」

尊は沈黙を貫いた。

「裁判長。このように被告人は暴力的な人です。三枝さんを突き飛ばしていないなんて嘘に決まってます。突き飛ばしたくせに謝りもしない。おまけに掃除もサボるし、本当に――」

「わかりました、原告代理人」と美濃部が白鳥を遮った。

「被告代理人。何かつけ加えることは？」

視線を向けられた石川が、おどおどしながら尊を振り向いた。尊が小さく首を左右に振った。

「えっと……ありません」

「では採決を行います。被告人が無罪であると思う人、手を挙げてください」

誰の手も挙がらなかった。

「それでは有罪だと思う人？」

美濃部が手を挙げると、六人の裁判員が全員手を挙げた。そればかりか、原告の三枝と原告代理人の白鳥も手を挙げている。周囲の雰囲気に呑まれたのか、石川までもがおずおずと右手を挙げた。

「全員一致で有罪と決まりました」

美濃部がしかつめらしく、一同を見回した。尊は白けた気分で座っていた。無罪でも有罪でも、どっちだって構わない。早くこんなバカバカしい遊びから解放されたかった。

「では、量刑を決めます」

リョウケイ？　それはナンだ。本当に美濃部はいろいろなことを知っていると、妙なところで感心した。

「停学処分を下したいのですが、ぼくは先生ではないのでそんな権限はありません。かといって罰金刑も、小学生にふさわしくない」

「裁判長。トイレ掃除の刑はどうでしょうか？」

白鳥が喜々とした顔で提案する。

「いい考えかもしれません。しかし、被告人はもう何度も掃除をサボっています。たとえトイレ掃除の刑を言い渡しても、まともに従うとは思えません」

当たり前だ。便所掃除なんか誰がするもんか。

「そこで思いついたのが、無視の刑です。三年一組の児童は、明日から全員で被告人を無視することに決めます。朝登校して来ても、挨拶しない。話しかけないし、話しかけられても聞こえない振りをする。まるで被告人が空気であるかのように振る舞います。この刑は被告人が反省して原告に謝り、掃除当番もサボらずきちんとこなし、今後一切暴力行為は行わないと誓うまで続けることとします。わかりましたね？　被告人」

答える代わりに乱暴に椅子から立ち上がった。ランドセルを背負い、真っ赤なキャップを被る。

クラスメイトたちの射るような視線を背中に感じながら、尊は教室を後にした。

アルバイト従業員がもう辞めたいと申し出た時、太田幸助は引き留めることはせず「わかった」と一言だけ答えた。真面目に働いていたから、いずれ正社員として迎えようと思っていたのに残念だ。だが仕方ない。近頃の若者は、つまらないと思ったらすぐに辞めてしまう。

池上でも老舗のくず餅専門店藤乃屋（ふじのや）は、本門寺通りと鎌倉街道が交差するところにある老舗である。昔は法事などで、よくお寺さんに納品していた。今は寺離れ、墓離れが進んでいるのでめっきり注文も減った。昔からの常連と、時折訪れる観光客の需要しかない。

「しょうがないさ」

幸助はため息をついた。とはいえ、夫婦二人だけで店の切り盛りをするのは辛い。

「そうね。こんな地味な仕事。若い人には退屈だろうから」

妻の幸子（さちこ）が同意する。幸助に幸子。幸が二つもあるのに、子宝には恵まれなかった。二人はこの町の小学校の同級生で、来年仲良く還暦を迎える。

「そういえば、あの子、今日は来ないわね」

「あの子？」

「ホラ、体格のいい」

「ああ。あの坊主か」

下校途中に、物欲しげに店のウインドウの中を覗き込む、ガタイのいい少年。

「いつも来てたのに、どうしたのかしら」

「どうしたんだろうな」

五時を回っているから、下校の時刻はとっくに過ぎているはずだ。今日はクラブ活動でもあるのだろうか。

「噂をすれば、ホラ」

幸子が幸助の腕を引っ張った。

赤いキャップの少年が、向こうからやって来る。幸助と幸子は、何気ない素振りを装いながら、様子を窺った。

肩で風を切り、ガニ股で歩く、まるで小さな寅さんのようだ。昔の不良は皆あんな歩き方をしたものだが、当節では珍しい。

「何かあったのかしらね」

幸子がつぶやく。

「何だか怒ってるみたい」

「どうなんだろうな」

幸助には怒りというより、ワザと悪ぶっているように見えた。

少年はズンズンと店の前を通り過ぎた。幸助と幸子は本日の売れ残りの整理を始めた。

ふと気がつけば、いつの間にやら少年が立ち止まり、こちらを見ている。やはり気になるらしい。幸子が店から出て、おいでおいでをした。少年は一瞬なびく素振りを見せたが、すぐに回れ右をして駆け出した。幸子が肩をすくめ、店に戻る。

「今日は売れ残りがたくさん出ちゃったから、おすそ分けしてあげようと思ったのにね」

くず餅は生ものである。その日のうちに売り切らなければならない。

「近頃の子どもは、くず餅なんか食べないんじゃないか」

「そんなことないわよ。裕ちゃんなんか、大好物じゃない」

知り合いの工事屋の息子裕也は、確かにくず餅が好きだ。三人前ぐらい平気で平らげてしまう。

「裕也は池上で生まれ育ったからな」

諸説あるが、くず餅は池上発祥ともいわれている。

「だがあの子は新住民だろう。去年はあんな子、見かけなかったぞ」

近年、池上駅周辺に高層マンションが建ち始めた。これらのマンションに転入して来た人々を、幸助たち地元の人間は新住民と呼んでいる。

「あの子も裕ちゃんに負けないくらい、体格がいいわね」

「いっぱい食うんだろうな」

窓の外を見やると、走り去ったはずの少年が立ち止まり、再びこちらに視線を寄せていた。

「ママ〜。たっくんがうるさくて、宿題ができない」

帰宅するなりもうこれかよ、と尊はため息をついた。従妹の舞（まい）を見ていると、あの鼻もちならない白鳥綾香を思い出す。二人の性格はそっくりだ。白鳥も家に帰るなり、勉強部屋に閉じこもって宿題をこなすのだろう。そして、テストで美濃部と同じ満点を取ったりすると、悲鳴を上げて喜ぶのだ。

それにしてもうるさいってナンだ。寝転んでマンガを読んでいるだけで、物音は立ててないじゃないか。

伯母が尊と舞が共有している子ども部屋に入って来た。最愛の一人娘を心配そうに見やり、次いでこちらに鋭い視線を向けた。

「たっくん。また暴れたの？　ダメよ、乱暴なことしちゃ」

「してないよ」

「たっくん、うるさいんだから」

舞が母親に訴えかけた。

「うるさくしてねーだろ。舞の邪魔したかよ？」

「したよ。さっきからお腹、グーグー鳴らしてうるさい」

ああ……。

確かに腹ペコだった。しかし、勝手に鳴るのだから仕方がない。止めたくても止められない。

「たっくん。間食は絶対ダメだからね。もうすぐご飯だから、我慢なさい。それより、宿題はどうしたの。マンガばかり読んでないで、ちゃんとやりなさいよ。舞なんかまだ一年生なのに、毎日きちんとやってるわよ」

無言で起き上がり、勉強机に座ると算数ドリルを開いた。部屋が狭いので、舞の机と隣り合わせである。ドリルが少しでもはみ出ると、舞がぶぜんとした顔で押し戻す。

「ここはあたしの陣地だから、入って来ないで」

東神奈川のアパートのほうがまだマシだったよな、と尊は独りごちた。

去年まで住んでいたのは、六畳一間に小さな台所がついただけのボロアパートだった。この小ぎれいなマンションとは大違いだ。とはいえ、尊には自由があった。母親は不在がちで、たまに帰って来ると「これで好きなものを買って食べなさい」と金を置いて行った。好物のフライドポテトやチキンナゲットばかり食べまくっていたから、いつの間にやらこんな体型になってしまった。

そして今年の冬、母親が失踪した。父親は元々いない。独り残されたアパートにやって来たのは、伯父さんだった。

父のいない尊を不憫(ふびん)に思ってか、伯父さんは時折アパートを訪れては、サッカーやキャッチボールで遊んでくれた。厚化粧をして帰って来た母親を、もっと子どものことを考えてやれ、と叱っている姿を見かけたこともある。

そんな伯父さんだったから、尊を放っておくことができなかったのだろう。

「心配するな、尊。伯父さんと一緒に住もう」

こうして尊は、伯父さんが購入したばかりの池上のマンションに越して来た。ところが伯父さんの奥さんと娘の舞は、尊の同居を歓迎しなかった。お前の部屋を半分貸してやってくれ、と父に頼まれた舞は、凄(すさ)まじい勢いで泣きわめいたらしい。伯母さんは、尊の容姿を見るなり
「太り過ぎよ」と冷たく言った。

「そんなに小さいうちから肥満体でどうするの？　大人になったらもっと膨(ふく)らんでしまうわよ」

確かに太ってはいるが、運動神経には自信がある。跳び箱は六段飛べるし、逆上がりだって楽勝だ。

ダイエットしろと命令された。おやつは禁止。ご飯も軽く一杯だけ。その代わり、キャベツの千切りとレタスを嫌というほど食わされた。そんな鳥の餌のようなものをいくら食べても、

満たされることはない。だからいつも、腹が不平を表明している。

グ～……。

「ホラ、またあ。うるさいったら」

パタンとドリルを閉じ、立ち上がった。そのまま大股で勉強部屋を出ると、玄関に向かう。

「たっくんどこ行くの？　もうすぐご飯よ」

伯母の声が飛んだ。

キッチンから尊の大嫌いなサバ缶の臭いがした。この家では四六時中、サバ缶を食べている。しかも味もそっけもない水煮だ。伯母さんは、サバを食べると頭が良くなると固く信じている。加工肉や脂身は逆にバカになるそうで、この家では禁止だった。

将来は美容整形外科になりたいと自慢気に語る舞は、朝晩うまそうにサバ缶を頬張る。小一にしてすでにこいつの味覚はいかれているらしい。

玄関で靴を履き、表に出た。伯母が何やらまたわめいていたが、聞こえない振りをした。

ふとズボンの尻ポケットに手を突っ込むと、まだ例の手紙が入っていたことに気づいた。

尊は大きく舌打ちした。

三　ゆっくりと始動

「ごきげんよう」

美咲がベランダに出て煙草を吸っていると、例の老婦人が通り過ぎた。

「今日もいいお天気ね」

「そうですね」

今年は空梅雨といわれている。曇り空より晴れ間を見る機会が多い。

「絶好のお洗濯日和だわ」

「そうですね」

そういえば、洗濯物が溜まっている。そろそろ何とかしないと、替えの下着がない。

「ごきげんよう」

「よい一日を」

真っ白い日傘。小花模様のワンピース。背筋をピンと伸ばして歩く後ろ姿を見て、ふとあの人は雨の日はどういう挨拶をするのかと考えてみた。

雨の朝にはベランダに出ないから、婦人がいつもの時間に下の通りを歩いているかは不明だ。

通勤しているなら天気は関係ないが、勤め人があんなフワフワしたオーラを放つだろうか。それに、婦人はとっくに定年退職した年齢に見える。

会う度に同じ挨拶を繰り返すのも、何とも不思議だった。雨の日は「絶好の洗濯日和」以外に何を口にするのか。

婦人の名前が不明なので、取りあえず「妖精のおばあちゃん」と呼ぶことにした。

汚れた下着を洗濯機の中に突っ込み、洗剤と柔軟剤を入れ、スイッチを押した。ぎゅんぎゅん回転するドラムを見ながら、煙草に火を点ける。昔は日に三本も吸わなかったのに、近頃本数が増えた。酒量に比例している。

家の中を見回すと、相変わらずぐちゃぐちゃだった。流しの食器はもう何日も洗っていないし、床にはスナック菓子の袋や、ビールの空き缶が散乱している。昨晩食べたまま放置していたカップ麺のスープには、小さな虫が浮いていた。おそらく、ゴキブリの子どもだろう。

洗濯ついでに部屋の掃除をすればいいのだが、どうも腰が重い。このままではゴミ屋敷になってしまうのに（もうすでになっている?）、まあそれもいいんじゃないと、自暴自棄になっている自分がいる。

とはいえ、昨晩は僅かばかりだが進歩したと自負している。カップ麺をすすり、ビールを飲んでいるうちに、このままではダメだと唐突に思った。ダメな部分は数えきれないほどあるが、もっとも憂慮されるのがコミュニケーション不足だ。池上に越して来てからこの方、妖精のおばあちゃんとのお定まりの挨拶と、一休さんのようなお坊さんと世間話をしたことを除けば、人とまともに会話したことがない。

いや、あのメタボ少年もいたか……。

おばさんとか、しわくちゃババアとか、散々なことを言われたのだった。

美咲は鼻を鳴らして、煙草に火を点けた。フ～ッと吹き出された煙が、やがて勢いを失い、ゆらゆらと壁際を漂う。

——あの子のことを思い出すのはやめよう。気分が悪くなるから。

大事な手紙を手渡された翌日から、ピンポンダッシュはピタリと止んだ。あれ以来少年には会っていない。

少年のことはともかく、昨晩は我ながらよく勇気を出したと思った。

夜の街に出て、地元の人間しか通わないようなバーに行ってみようと思いたったのだ。飛び込み営業なら、会社員時代何度か経験した。鼻であしらわれるのが目に見えていたが「取りあえずやってみろ」と先輩社員からはっぱをかけられた。新入教育の一環なのだろうが、偶然にも契約が取れた時はアッパーカットさながらのガッツポーズを決めた。

一度も入ったことのない細い路地をさまよい、店を物色した。皆一見したところ普通の民家と大差ない。小さなネオンのお陰でかろうじて飲食店と識別できた。ド派手な看板で客を呼び込むチェーン店とはまったく異なるコンセプトだ。どの店の軒先にも「一見様、お断り」と透明の但し書きがあるような気がした。

その中の一軒「アキの店」という店の引き戸に手をかけた。女性がやっている小料理屋なら、何とかなりそうだ。

深呼吸して引き戸を開けた。カウンターだけの小さな店で、テーブル席はない。楽しそうに店主と会話をしていた常連客らしきグループが、いっせいに美咲に注目した。驚いたような表情。お前は何者だ？　なぜここに来た？　ここは俺たちのシマだぞ、と瞳が物語っている（ような気がした）。

カウンターにいたのは女性ではなく、若い男性。この人がアキなのか。こちらのほうも「いらっしゃいませ」と挨拶するわけでもなく、不審な眼差しを美咲に向けた（ような気がした）。

一瞬ひるんだが、身を引き締め「一人です。よろしいですか？」と訊いた。

「そちらのお席にどうぞ」

小さくなりながら、カウンターの一番端に腰を落ち着かせる。射るような視線を放っていた常連客たちは、すぐに仲間内の会話に戻った。よそ者のことなど、どうでもいいという空気。肩の荷が下りたような、寂しいような複雑な気分だった。

突き出しがカウンターに置かれた時「ご主人ですか?」と訊いてみた。

「そうです」

「いつからこのお店を?」

「そうですね。かれこれ……」

会話の糸口を摑むことができたと思ったのもつかの間、すぐに常連客に呼ばれ、店主は美咲から離れた。

所在なく突き出しのお浸しをつつき、苦いビールを飲んだ。店には男性ばかりで女性客はいない。男同士で盛り上がっているところに、女性が割り込むのは難しい。あまつさえこちらは部外者だ。美咲のようなマンション住まいを、地元の人間が「新住民」と呼んでいることは知っていた。常連客はどう見ても新住民ではない。

ビール一杯と冷やしトマトだけで引き揚げようかと思っていた矢先に引き戸が開き、一人の客が入って来た。美咲より僅かばかり年上に見える女性。若店主と親し気に挨拶を交わし、美咲の隣に腰を下ろした。

「そのトマト、おいしそうね。わたしもいただこうかな」

「ええ。とてもおいしいです」

笑顔で答えた。ビールを飲み干し、一瞬迷ったが二杯目を注文した。もう少しここに留まってもいいかもしれない。

結果は正解だった。隣に座った女性、吉川弘美とは話が弾んだ。生まれも育ちも池上の、独身三十二歳。現在も池上在住で両親と同居。勤め先は横浜のみなとみらいだが、職場に近い場所に越す予定はないという。

「この町、好きだしね」

「でもあたし、最初は怖かったですよ。お墓ばっかりだし」

日が暮れてから、古い墓所に迷い込み、宇宙人が古代に造ったロケットのような建物を見て悲鳴を上げたことを話した。

「古代に造られたロケット？」

「そう。屋根のついた石油タンクのようなやつです」

弘美は天井を見上げ、しばらく考えていたが、やおらスマホを取り出し、タップすると画面を見せた。

「もしかして、これ？」

「そうそう。これっす」

夜見た時は真っ黒だったが、写真では真っ赤に写っている。しかし、紛れもなく美咲が遭遇した奇怪な建物だった。

「いやあねえ、ロケットなわけないじゃない」

弘美が高い声でコロコロと笑った。

解説を読むと、「日蓮聖人茶毘(だび)の地に建てられた宝塔」と書いてある。そういえば、我が家は日蓮宗だ。

「茶毘って、日蓮聖人がここで死んだってことですか」

「そうよ」

おまけに宝塔は国の重要文化財と書いてある。国の重要文化財を、宇宙人が造ったロケットなどと勘違いしていたのだ。何たる無知！

今度はお山、もとい池上本門寺に関する解説を見せてくれた。

「弘安五年（一二八二年）九月八日、病身の日蓮は身延山(みのぶさん)を出て、湯治のために常陸(ひたち)（茨城県）へ向かう。九月十八日に武蔵国池上郷（東京都大田区池上）の池上宗仲の館に到着。生涯最後の二〇数日間を過ごすこととなる――」

なるほど、湯治のために茨城に向かう途中、日蓮聖人はここ池上で入滅したのか。そんな由緒ある場所とは知らなかった。

「だからお寺がこんなにたくさんあるんですね」

「さあ、それはどうか知らないけど」

それからお互いの仕事の話をした。弘美はみなとみらいにあるクリニックで医療事務の仕事をしているらしい。パワハラが酷く、そろそろ辞めたいとしきりに愚痴った。

「あたしも会社、辞めたいと思ってました。そしたら運よくリストラしてくれましたけど」

まあ、と弘美が眉をひそめる。

「どんな会社だったの？」

「凄い会社でした。あたしがこういうタイプなもんで、雇われたんだと思います」

女性にしては太い上腕を擦った。

「何かスポーツをしていたの？」

高校時代はバスケをしていた。といっても、平気で敵にパスを出したり、放ったシュートは、ゴールではなく味方の後頭部を直撃するようなプレイをしていた。「キャ～」と悲鳴を上げながらも、華麗なシュートを決める女子力満々のチームメイトが羨ましかった。筋力はないが、反射神経が抜群なのだ。体育会なのにすぐ彼氏ができるのも、だいたいこういう美咲とは真逆のタイプの女子たちだった。

「あたしも学生時代ソフトテニスをちょっとだけかじったけど、すぐやめちゃった。才能ないのわかったし、何より練習がキツくてうんざりしてたから。校庭十周走るより、渋谷のセンター街に遊びに行く方が、青春してるって感じがした」

それが普通の女子なのだろう。美咲は体育会にどっぷり浸かっていたにも拘わらず、まったく結果が出せなかった。

大学は第二志望にかろうじて合格。偏差値だけで選んだ経営学科は、クソつまらなくてほとんどの講義をサボった。その代わり、よせばいいのにまた部活を始めた。今度はバスケではなくハンドボール。パワーには自信があったので、コンタクト系の球技ならそこそこ行けると思った。しかし、これもまったく物にならず、四年間を無駄にした。

「無駄ということはなかったんじゃない。それなりに努力したんだから。のん気に遊び回ってるほうがよっぽど無駄な人生よ」

「でも結果出てないですから。スタメンでは一度も出たことないし。こんなんなら、真面目に勉強してたほうがよっぽどマシだったって思ってます」

入社試験では十数社から不採用通知を貰った。そんな美咲に唯一興味を示してくれたのが、そこそこ大きな工作機械メーカーだった。

「営業をやらされました。まあ、あたしのガタイ見て、こいつだったら多少シゴイても大丈夫だろうと思ったんでしょうけど」

ギリギリの成績で大学を卒業し、晴れて社会人となった。配属された営業二課は男所帯で、女子といえば一般職のアシスタントしかいなかった。

二課長は新人紹介の挨拶で「当課では男女の区別は一切しない」と明言した。あれ？　人事部長は女性の視点を入れたいと配属理由を述べていたぞと思ったが、いずれにせよ区別がないのは差別がないのと同義だから悪いことではないと思い直した。

ところが「区別は一切しない」の意味を取り違えていたことに、ほどなく気づいた。男女の区別なく平等に扱うということではなく、女を男として扱うという趣意だったのだ。

初っ端から歓迎コンパに連れて行かれ、男子に交じって一気飲みをさせられた。バブル世代の課長が一発芸をしろというので、アイドルタレントの物真似をすると「似てない！」と怒られ、罰としてまた一気飲みさせられた。

課長の命令は絶対だった。そむく者には厳しい罰が与えられ、従う者は寵愛を受けた。いったいいつの時代の話だと、人は眉をひそめるだろうが、美咲は盲従した。先輩たちがそうだったからだ。集団の中で一人だけが違う行動を取ると、全体に迷惑をかけるというのがチームスポーツで学んだことだった。

「でも、それって、いくらなんでもあんまりじゃない？　おかしいとは思わなかったの？」

「今ではそう思います。でもあの頃は、おかしいと思いそうになる自分の感情を押し殺してました。結局、みんなと同じことをするほうが楽で安全なんですよ」

だから、運動神経もろくにないのにずっと体育会に身を寄せて来た。

「マゾね」

弘美が呆(あき)れたように笑いながらビールを飲んだ。

「トンネルの中にいたんだと思います。ノルマ達成が唯一の出口で、それ以外は真っ暗闇で何も見えないみたいな」

引いた目線で、その指示はおかしい、そんなやり方よりこうした方が効率的、と冷静に分析することができなかった。

「視野狭窄(きょうさく)ね。っていうよりマインドコントロール？」

「そうですね。今から考えれば、ホント、宗教みたいなものでした。でも一応上場企業でしたから、寄らば大樹ってずるい感覚もあって。給料もめちゃくちゃ高いわけではなかったけど、それなりに貰(もら)ってましたし」

五年間は何とか頑張った。誰よりも早く出社し、誰よりも遅く退社した。しかし、同期入社の男性はいい加減な仕事ぶりでもどんどん昇進してゆくのに、いつまで経っても補佐のような仕事しかさせてもらえない。さすがにこれはおかしい、男女の区別はしないというが、根底にあるのは男尊女卑の思想ではないのか、と遅ればせながら気づいた。

辞めようかと悩んでいた時、会社の業績が悪化し始めた。ほどなく大規模なリストラが断行され、美咲は解雇された。

「向こうの都合でクビ切られたわけですから、それなりの補償金は貰いました。まあ、これが唯一ラッキーでしたね。辞表なんか書いてたら、こんな金、貰えなかったでしょうから」

解雇から一週間後に父が逝った。そして父の遺産である池上のマンションに越して来た。弘美は「それは、大変だったわね」と眉根を寄せた。

「で、今は何をしてるの？」

「何をしてるんでしょうね」

美咲は酎ハイの残りをグイと飲み干した。

クビを切られた当初は頭が真っ白で、何もできない状態が続いた。やがて重い腰を上げ、求人広告に応募し始めた。ところが物事がよい方向へ動き出したところで、あの赤キャップの少年に邪魔された。だからまた振り出しに戻った。

しかし、そろそろまた活動を再開しなければと思っている。


昨晩のことを回想しているうちに、いつの間にやら洗濯機が止まっていた。洗濯物を中から取り出し、ベランダに干した。

相変わらず部屋の中は散らかり放題。だが片づけなくてはと思う反面、いったいどこまで汚すことができるのか、見てみたいという気持ちもあった。

ベランダで一服した後、着替えてマンションを出た。目指すはお山だ。他にやることがないので、お山の墓にいる父と祖母に、またあれこれ愚痴を言いに行く。

幅の広い新参道ではなく、本門寺通りを歩いた。せんべい屋さんや、くず餅屋さん、仏具店がある昔ながらの商店街。六郷用水跡を抜け、呑川にかかる霊山橋（りょうぜんばし）を渡ると、そこはもうお寺の密集地だ。当初は辛気臭い（しんき）と敬遠していたお寺も、見慣れてくるとなかなか味がある。

あっ、また一休さんがいる――。

本妙院のお坊さんが、門の前を掃除していた。掃除姿を目撃するのは何度目だろう。この人はお掃除専門のお坊さんなのだろうか。

「こんにちは紺野さん」

一休さんがペコリと頭を下げた。

「こんにちは一休……いえ、えっと……」

そういえば、この僧侶の名前は失念していた。

「早見（はやみ）です」

「は、早見さん、こんにちは。今日もお掃除ですか。精が出ますね」

「ありがとうございます」

「他に掃除をされる方は、いらっしゃらないのですか」

「わたし一人だけです」

本妙院はお寺としては小ぶりだが、それでも普通の民家の優に三倍はある。一人で掃除するのは大変だろう。

早見さんによると、参詣に来る人に失礼のないように、常にお寺を清潔に保つのは、読経と同じくらい大切な仕事であるらしい。掃除がお坊さんの主な仕事だなんて、知らなかった。

「掃除はその場所を掃き、清める行為ですが、同時に心を清める、魂を磨く行為でもあります。その場所が綺麗になれば、皆が気持ちよく過ごせます。それを見て、自分も気持ちよく過ごせる。このことが大事なのです。お釈迦様の弟子の一人は、掃除をし続けることによって悟(さと)りを開いたと伝えられているんですよ」

「掃除で悟りが開けるんですか!?」

嘘でしょう、と心の中で叫んだ。だったら、清掃会社の社員は全員お釈迦様になってしまう。

周利(しゅり)槃陀伽(はんだか)という釈迦の弟子だという。

「『塵(ちり)を払い、垢(あか)を除かん』とひたすら掃除をしているうちに、塵や垢とは自分の執着心のことだったと悟りを開いたのですよ」

ふ～ん。そんなに簡単に悟りって開けるものなの？

「ところで、池上の生活にはもう慣れましたか」

「はあ。まあ、何とか」

吉川弘美という知人もできた。気さくで親切な人だ。

「そうだ。今度の土曜日に本院でキャンドルナイトというイベントをするのですよ。よろしかったらいらっしゃいませんか？」

お寺でキャンドルナイトとは、随分おしゃれだと思った。とはいえ、会社のマインドコントロールが解けて、やっと自由の身になれたのだ。お寺というのは、また別の意味でのマインドコントロールではないのかと身構えた。

「堅苦しく考える必要はないのですよ」

そんな美咲の気持ちを察したのか、一休さんが付言した。

「夜になると電気を灯すという生活が当たり前の現在、光の有難みを感じることが少なくなりました。キャンドルナイトは、キャンドルに火を灯し、ないことを楽しむイベントです。キャンドルを囲んでゆったりとした時間を過ごし、心と身体を慈しむひと時を、わたしたちと共に過ごしませんか」

「でも、来るのは信徒の方たちなのでしょう」

こう言いながら、我が家は祖父母の代からずっと本妙院の檀家であったことを思い出した。

「もちろん信徒の方もいますけど、すべての人に開かれたイベントですよ」

四　三番勝負

紺野尊のクラスではさっそく無視が始まった。朝登校しても誰も挨拶しない。目と目が合うとさっと避けられる。

しかし、以前から似たようなことが起きていた。この学校に転校してこの方、皆強面（こわもて）の尊を避けてきた。自分ではそれほど狂暴とは思っていないのに、周囲からはそう見られるらしい。ならば、狂暴キャラを演じてやろうと思った。美濃部が女子にまったく興味を示さない、優等生キャラを演じているように。

石川がニコニコしながら近づいて来て、尊に話しかけた。大好きなアニメやゲームの話だ。あれを観たか、これをやったかとしつこく訊（き）いて来る。

「どうでもいいけど、俺を無視しなきゃいけないんじゃなかったの」

石川は瞳を大きく見開き「そうだった！」と叫びながら去って行った。しかし、翌日も石川はニコニコしながら近づいて来た。まったくもって憎めないやつ。裁判ごっこでは、いつの間にやら有罪に手を挙げていたのに、まるで悪びれる様子もない。

だがその石川も、美濃部グループに加わるようになってから、もう尊の元へは来なくなった。

尊しか友だちのいなかった石川を、美濃部が自分のグループに引き込んだらしい。

美濃部も白鳥も、こちらをじっと観察しているのは知っていた。そして、少しでも尊に近づこうとするクラスメイトがいれば、飛んで来て腕を取り、どこかへ連れて行く。

ご苦労なことだと尊は思った。いったいやつらは俺に何を求めているんだ？　反省しろということか？　掃除をサボったのは悪かったと思っている。だから真面目にやるようになった。しかし、それ以外に反省することなどありはしない。三枝は勝手にぶつかって来て、勝手に倒れただけだ。

とはいえ、美濃部と白鳥でもどうしようもないことがある。

たとえば、異学年交流。一年生から六年生までが縦割りの班を組んで、一緒にスポーツをしたり工作をしたりするシステムだ。他の学年のやつらは、クラスの無視ゲームなど関係ないから気さくに話しかけて来る。

身体が大きいせいか、高学年からは頼りにされ、低学年からは慕(した)われた。キックベースやドッジボールをする際、六年生より手練な尊はみんなから一目置かれた。

だからクラスで無視されるなど、どうということはない、と思ってはいたが、さすがに一週間も続くと、きつくなって来た。無視されるというのは、しゃべれないということだ。話しかけても誰も反応してくれないのだから、口をつぐんでいるしかない。

特段おしゃべりではなかったが、下校の時間まで、まったく口を利かないという生活を一週間続けていると、さすがにストレスが溜まる。

だから下校の時刻になるや否や、とっとと帰るようになった。新参道を行くほうが家には近いが、本門寺通りに寄り道するのが定番だった。本門寺通りにはくず餅屋がある。

生まれて初めてくず餅を食べた時のことが未だに忘れられない。きな粉と黒蜜をたっぷりかけたくず餅は、抜群に美味かった。買って来てくれたのは伯父さん。まだ母親と一緒に東神奈川に住んでいた頃のことだ。くず餅は、池上の名物だと言っていた。

「それにして、尊がそんなにくず餅が好きだなんてな。小学生はもっと今風の菓子が好きだと思っていたよ」

今風のスナック菓子は、フワフワ軽くてまるで食べた気がしない。だから放っておいたら十袋でも二十袋でも平気で平らげてしまう。一方、くず餅はどっしりと腹に収まった。育ち盛りの少年にとって、理想的なおやつである。

通りの角にあるくず餅専門店藤乃屋は、地味な店構えだ。軒先(のきさき)に置いてある、時代劇に出て来るような赤い布がかけられた座卓の上に、様々なサイズのくず餅が陳列されている。店のショーウィンドウにも同じものが並んでいた。皆きっちり包装してあるから、中にどんな美味いものが詰まっているのか、食べた者以外はわからない。

同じ和菓子屋でも、巨大な大福や羊羹をこれ見よがしに陳列している他の店とは趣が異なる。こういう商売をする大人は信用できると尊は思った。

店の前を通ると、ついつい、ウィンドウの中を覗き込んでしまう。あの美味いくず餅は、いったいどうやって作るんだろう。

白髪交じりのおばさんと目が合った。ついこの間、おいでおいでをしたおばさんだ。またこっちに来いと手を振っている。迷っていたら店から出て来た。

「ぼく、いつもここに来るわね。くず餅が好きなの？」

答えあぐねていると、腕を取られ、店の中に連れて行かれた。売り場の脇の、小さな喫茶スペースに座らされる。店番をしていたおじさんが尊を見やり、「よお」と挨拶した。髪の毛の薄い、痩せたおじさんだった。

「大きいわね。何年生？」

「えっと……三年生です」

「まだ三年なの？」

おばさんが目を丸くする。名前を聞かれたので、紺野尊と答えた。

「三年といえば、裕也と同じじゃないか。あいつみたいに大きいな」

売り場からおじさんが声をかける。裕也というのは、二組の中田裕也のことか？　便所の前で鉢合わせした時、互いの胸倉を摑み合った――。

「同じクラス？」

「いえ、中田くんは二組です。俺、一組だから」

いきなりお腹がグーと鳴った。

「ちょっと待ってなさい」

ほどなくおばさんが、黒蜜ときな粉がたっぷりかかったくず餅を持って来た。ゴクリと喉が鳴った。

「さあ、食べて」

見知らぬ大人からこんな親切にして貰うのは初めてだった。

「どうせ売れ残りだから、遠慮しないで食え」

おじさんの声を聞いた時には、もうフォークを握っていた。黒蜜ときな粉を絡め、パクリと一口で食べた。ひんやりつるっとした食感。ほどよく弾力のある餅に、甘い黒蜜ときな粉がよくマッチする。

美味い。

ガツガツと餓えたイノシシのように貪った。尊の豪快な食べっぷりに、おばさんが目を細める。ものの十秒で六切れあったくず餅を平らげ、顔を上げると、もはやおばさんは微笑んではいいなかった。

「ちゃんとお家で食べてるの?」

「食べてるけど、こういうものは食べさせてもらえない」

家ではサバ缶と野菜しか食べていないと打ち明けた。ご飯も軽く一杯だけ。加工肉や脂身、おやつは厳禁。

「太ってるから、ダイエットしなきゃダメだって」

「太ってなんかいないじゃない。身体が大きいだけでしょう」

「そうだよ。育ち盛りだろ。これからもどんどん背が伸びるんだ。ガキのうちからダイエットなんてすることない。ったく、近頃の若い親はいったい何を考えてるんだ」

　気がつけば、おじさんも傍らにいて、抗議の声を上げた。

「親じゃない」

「ご両親とは住んでいないの？」

「伯父さんの家に住んでる。おかあさん、家出しちゃったから」

　詳しく話せといわれたので、池上に来た経緯を説明した。父親は元々いない。夜の仕事をしていた母が、様々な男と遊んでいたことは幼い尊も気づいていた。そしてある日突然母が男とどこか遠くへ行ってしまった。伯父さんに「息子をよろしくお願いします」と頼んだらしいことを、後になって知った。

まあ、とおばさんが眉をひそめる。おじさんに「苦労してるんだな、お前。頑張れよ」と肩をぐいと摑まれた。

「お腹空いたら、いつでもうちにいらっしゃい」

「そうだよ。遠慮することはない」

帰り際に、おじさんたちがくず餅の包みをくれた。

「伯母さんには内緒で食べるんだぞ」

「ありがとうございます」

尊はランドセルの奥に大事にくず餅を入れ、店を後にした。


くず餅屋のおじさんとおばさんが話題にしていた中田裕也とは、廊下ですれ違う度に互いを意識した。ギラギラした視線を寄せて来るので、負けじとにらみ返した。

二組が体育の時間にふと校庭を見ると、五十メートル走をやっていた。五人のランナーの中でひと際大きく目立つのは裕也だ。

スタートの合図で全員が飛び出した。結果は裕也の圧勝。体重が重いのに、あれほど速く走れるとは――。しかし、自分とて駆けっこは得意だ。あいつより速く走れる自信がある。

そう思うと居ても立ってもいられなかった。裕也と駆けっこで勝負したかったが、クラスが違うのでそれもままならない。

しかし、ついに裕也と決着をつける日がやって来た。

ある日の下校時刻、真っ先に教室を出ると、昇降口のところで「待てよ」と呼び止められた。裕也だった。

「お前帰るのが早いんだな」

尊は無視して下履き(したば)きに履き替えた。

「俺も今日は早く帰りたいと思ってるんだ」

裕也も靴を履き、尊の正面に回った。

「何だよ、退(ど)けよ」

にらみつけても、ニヤニヤ笑っている。

「お前、クラスでハブられてるんだって?」

何でそんなことを知っているのかと驚いた。他のクラスまで噂は広まっていたのか。

「だから、授業終わったらさっさと帰りたいんだろう」

「うるせーな。放っとけよ」

「勝負しようぜ」

勝負？

「こっから校門まで。どっちが早く行けるか」

こいつも実は俺と勝負したがっていたのか。尊はニンマリとうなずいた。

「おい、滝沢お前合図しろ」

偶然通りかかったクラスメイトらしき男子に裕也が命令した。ヨーイドンの合図で、尊と裕也はランドセルを背負ったままダッシュした。二人の巨漢がもの凄い勢いで駆けて来るので、下校途中の児童たちは皆慌(あわ)てて道を譲った。

校門を潜り抜けた時、少なくとも裕也は前にはいなかった。かといって後ろを走っていたという確信もない。息を切らせながら、近くにいた下級生の集団にどちらが速かったか尋ねた。

「わかんない」

「同じくらい」

「速すぎて見えなかった」

別のグループに訊いてみても、似たような答えが返って来た。これではらちが明かないので、今度はお山の坂をどちらが速く登れるか、競争することにした。

池上本門寺の表参道にある九十六段の石段坂。麓(ふもと)から見上げると、果てしなく天まで続いているように見える。石段の真ん中には何本かの杭が打たれ、各々が鎖で繋(つな)がれていた。

杭を挟んで両側に立ち、裕也の合図で登り始めた。最初の段に足をかけるや、尊は思わず「高っ！」と叫んだ。四百年くらい前に造られた石段だから勾配がきつい。

お山には池上に越してから、一度だけ伯父さんに連れられて行ったことがある。その際学校の裏にある池上会館からエレベーターに乗り、頂上まで昇った。だからこの石段を登るのは初めてだ。

裕也が横目で尊を窺いながら、うすら笑いを浮かべた。

「高くないだろう。これが池上だよ、転校生」

ずんずんと登ってゆく裕也。この石段には慣れているらしい。なにくそと後について行った。

裕也はすでに最初の踊り場のところにいる。踊り場で一休みした裕也は、眼下を振り返り「遅いぞ」と怒鳴った。

再び登り始めた裕也のペースは相変わらず速い。コツを知っているから、あんなスピードで登れるのだろう。悔しいが、今度は負けかもしれない。足は早くも棒のようになっている。

尊はマイペースで登ることにした。勝負には勝てないにしても、引き離されたくはなかった。ぶっちぎりの優勝を許したら、後々強い立場に立たれてしまう。

石段に神経を集中し、一歩一歩着実に登った。ふと上を見やると、前よりも近くに裕也の背中があるような気がする。

裕也は三番目の踊り場で膝に両手をつき、荒い呼吸を繰り返していた。やはりペース配分を間違えていたのだ。あんな勢いで登ったら、早晩ふくらはぎが悲鳴を上げるに決まっている。

最後の踊り場に上がった時、裕也はちょうど踊り場から出て石段を登ろうとしていた。残すはあと十数段のみ。敵はかなり息が上がっている。どこかのおじいさんのように、ぜーぜー息を吐きながら、一段登る度に小休止していた。

「追いつける！」と思った。自分にはまだラストスパートする余力が残っている。息を吸い、石段に足をかけた。途端に乳酸が溜まりきった膝が、赤信号を点滅させる。歯を食いしばり、登った。裕也の背中はすぐ目の前にある。

尊のスパートに気づいた裕也が、スイッチが入ったように動き始めた。余裕で追いつけると思ったのに、やはり一筋縄ではいかない難敵だ。

――だけどまたペース配分間違えてるぜ。そんなにしゃかりきになったら、頂上に着く前にギブアップするに決まってるって。

案の定残り三段を残したところで、裕也の動きが止まった。

行ける！

逸る心を抑え、マイペースで登り、裕也に並んだ。真横に尊が姿を見せても、裕也は荒く息を吐くばかりだった。

残り三段目に足をかけた。

やった！　追い越したぞ。あと二段。焦(あせ)らず、気を緩(ゆる)めず——。

前傾姿勢になり、ぐっと膝に力を込めたその時だった。後ろ襟(えり)をいきなり摑まれ、思わず「危ねえ！」と叫んだ。転倒を防ぐため、傍らの鎖を摑んだ。

その隙に裕也が登って行った。尊も慌てて足を動かした。半歩遅れてゴールに到達した。その場で地面に仰向けになり、陸揚げされた魚のようにパクパクと酸素を求めた。傍らで裕也の大きな腹が上下している。やつも地面にへたり込んでいるのだ。

「き……きったねえぞ」

「わ、悪い……」

しばらくして呼吸が整うと、二人同時に立ち上がった。

「バランス崩して落ちそうになったから、手を伸ばしたら、お前がいて——」

「二人とも落ちるところだったぞ。下まで落ちたら死んでたぞ」

遥(はる)か下方に、マッチ箱のように小さな小学校が見えた。

「だから悪かったって」

バランスを崩したなら、脇にあった鎖を握ればよかったはずだ。わざわざ人の襟首を引っ張る必要はない。やはりこいつは、俺を勝たせないためにあんなことをしたのではないのか。

「だけど、摑んだのがお前でよかったよ。普通のやつだったら俺をささえきれないから、一緒に真っ逆さまに落ちてた」

「この勝負はなしだからな」

「分かった。じゃあ次は、相撲で勝負だ」

相撲？　相撲など生まれてこの方、一度も取ったことがない。とはいえ、力比べなら望むところだ。

「わかった。どこでやる？」

「ここだよ」

ここはお寺の境内だ。こんなところで相撲など取って、叱られないか。

「大丈夫だよ。相撲は神様の前でやるスポーツだから、叱られたりしない。逆に神様は喜んでくれる」

神様というより、ここにいるのは仏様だろう。

「どっちだって同じだよ。何だよ？　おじ気づいたのかよ？」

「ちげーよ」

今一度裕也のガタイを確認した。身長は自分より僅かばかり高い。本当にこんなに大きな小三は、東京でも珍しいだろう。だが肩幅は、こっちのほうが広い。腕の太さだって負けてはいない。

「やろうぜ」

辺りに参詣客(さんけい)はいないし、お坊さんもいない。これなら思う存分勝負できる。仁王門の目の前で相撲を取ることにした。仁王様が凄まじい形相でこちらをにらんでいるので、気合が入る。確か仁王様には、金剛力士とかいう別名がなかったか。だとしたら、裕也が言うように、ここで相撲を取るのを喜んでくれるかもしれない。

「土俵はここ全部にしようぜ。だから、押し出しとか、そういうのはなし。相手に尻もちつかせたり、投げ飛ばしたほうが勝ち。パンチやキックは禁止だぞ。相撲だからな。それから張り手は……う～ん。やめとくか？」

同意を求めて来たのでうなずいた。正直張り手はやりたくなかった。こいつとやったら、本気の喧嘩になりそうだ。

「よし。じゃあ行くぞ」

「おう」

どちらからともなく、組んだ。上手とか下手とか、よくわからないが、敵のズボンのウエストバンドの辺りを摑んだ。

あれ？

こいつ、ベルトしてない。

仕方なく、裕也の腰に腕を回した。しかし、これではふんばりが利かない。尊はベルトをしていた。

ベルトをがっちり握られたのを感じた。裕也が凄まじいパワーで、尊を投げ飛ばそうとする。

そうはさせじと、腰を引いた。

くそっ。これじゃ不利だ。

地面には玉砂利が敷いてある。せめぎ合いが激しくなるほどに、ジャラジャラと耳障りな音を立てた。尊の左足に、裕也の足が絡みつく。投げ技のようだ。どう凌（しの）いでいいかわからなかったが、とにかく相手にしがみついて投げられないよう踏みとどまった。

ふと目を上げると、一人のお坊さんが近づいて来る。

「こらこら。きみたち、喧嘩はいけないよ」

マズい……。

注意が一瞬お坊さんに向けられた時、投げられた。

「逃げろ！」

叫んだかと思うと、裕也が走り出した。投げ逃げだ。仕方がないので、尊もすぐに立ち上がり、後を追った。幸いにも投げられたダメージはほとんどなかった。

――にしても、誰にも叱られないって言ったのはお前だろう。

裕也の背中はすでに小さくなっていた。


翌日登校すると、「ちょっと聞きたいことがある」と美濃部に呼ばれた。

何だ？　俺のことは無視するんじゃなかったのか？

「そろそろ無視をやめてもいいんじゃないかと考えていたところなんだよ。きみが本気で反省してるなら。だけど、昨日お山できみと中田くんを見たっていうクラスの女子がいてね――」

美濃部が白鳥を振り向いた。白鳥は、いかにも小うるさそうなクラスの女子軍団を従えていた。

「取っ組み合いの喧嘩をしてたっていうが、本当か」

「喧嘩じゃねえよ――」

相撲を取っていただけだ、と続けようと思ったが、白鳥の「嘘つかないで。喧嘩でしょう」という声にかき消された。

「真っ赤な顔して殴り合ってたって。お坊さんが止めに来たら、二人とも慌てて逃げて行ったって」

勝ち誇ったように白鳥が言うと、女子全員がうなずいた。

「何か言うことはないのか？　紺野くん」

美濃部が一応反論の機会を与えてくれたが、どうせすぐまた「嘘だ」と否定されるに決まっている。口では女子に敵わない。

口を真一文字に結んでいる尊を、美濃部が哀れんだ目で見た。女子の迫力に押され、仕方なく確認に来たような様子だった。

「暴力的な行いを反省してもらおうと思っていたのに――また暴力を振るってしまったってことでいいんだな。刑期が伸びてしまうぞ」

刑期が伸びるというのは、さらに無視が続くということか。

「めんどくせ」

思わず声が漏れた。無視されようがされまいが、どうでもいい。

美濃部が深いため息をつき、首を左右に振った。

五　しょんべん横丁とキャンドルナイト

「ごきげんよう。今日もいいお天気ね」

「そうですね」

「絶好のお洗濯日和だわ」

今日はとてもいい天気だから、紺野美咲は朝早くからベランダで洗濯に勤しんでいた。

「ごきげんよう。よい一日を」

「ごきげんよう。えっと……」

真っ白い日傘に小花模様のワンピースの婦人は既に歩き始めていた。ピンと伸びた背筋が美しい。

「ごきげんよう。妖精のおばあちゃん」

もう何回も挨拶を交わしているのに、名前さえ知らない。失礼なので尋ねようと前々から思っていたが、いつもタイミングを逸してしまう。

洗濯物をベランダに干し終わると、家の中に入った。散らかり具合は以前に比べればマシになった。あの早見さんというお坊さんのお陰だ。早見さんに感化され、部屋の掃除をするようになった。

とはいえ、悟りを開くためにお掃除をしている高尚なお坊さんとは違い、俗人の美咲はものの三十分ほどゴミの分別をしただけで、もうギブアップしてしまう。そもそも渋谷に住んでいた頃から、掃除は大の苦手だった。

昼間少しだけやる気が出て来たからか、自然と孤独な一人酒も減った。アキの店を皮切りに、様々な店を飲み歩いている。本門寺通りの裏にある俗称「しょんべん横丁」。一見さんが尻込みするようなお店ばかりが軒を連ねるこのエリアを、開拓中だ。

当然たむろしているのは、地元の常連ばかり。彼らと知り合いになったおかげで、随分池上に関する知識も深まった。ここでは次の飲み屋に行くことを「檀家参り」するというらしい。狭い地域に二十四ものお寺がひしめき合っている、門前町ならではの言い回しだ。

「池上の人は、結構人見知りするんですよ。だから閉鎖的だと誤解されやすい」

こう話すのは「お酒缶バーとみんち家」のオーナーだ。生まれは横浜で、十数年前に池上に越して来た。

「飲み屋に入っても、『いらっしゃいませ』もない。誰だろうこの人は？　みたいな顔をする。一見客だって緊張してるのに、店主も同じように緊張してるんだから、世話ないですよね」と、オーナーが目じりに皺を寄せた。

「だけど知り合いになると、皆親切でいいやつだとわかる。純粋なんですよ。妙な商売っ気出さないし」

とみん家は、ツマミに缶詰しか置かない店だ。友だち同士が集う場所が欲しくて始めたという。オーナー自身も、店のお陰で随分知り合いが増えたそうだ。

「新住民の人たちは、この界隈のお店には来ないんですか？」

美咲が質問すると、オーナーはかぶりを振った。

「こちらはいつでもウェルカムだけど、なかなか来てくれなくてね」

近年、池上はベッドタウンとしてはかなり人気で、不動産価格も上昇しているという。都心や横浜にも近く、治安がいいので、池上に居を構える人が増えているらしいのだ。

「そういう人たちは、お会式にも苦情を言って来るんですよ。うるさいって」

「おえしき? すみません。おえしきって何ですか」

「まあ、知らないのも無理ないかもね。三十万人くらい見物客が集まる盛大なお祭りなのに、いまいちマイナーですから」

そんなに大きなお祭りが、池上にあったのか。スマホを取り出し検索してみた。

「鎌倉時代に日蓮宗を開いた宗祖、日蓮聖人の命日に行われる法要って書いてありますね。そういえば、池上って日蓮聖人が亡くなった場所でしたよね」

「そう。だから、お会式は、いろいろなお寺でやっているみたいだけど、特にお山、池上本門寺のお会式は、もっとも盛大なんですよ。万灯行列が凄いんです」

まんどう?

再び検索した。

画面には、しだれ桜のようなものに覆われた、巨大な灯籠が映っていた。

「そうそう。こういう万灯が、全国各地から池上に集まるんだよ。で、池上駅からお山に向かって練り歩くんです」

万灯行列があるお会式は、毎年十月十二日に行われるという。

しょんべん横丁（もう少しマシな名前はないものかと思うけど）には、とみん家以外にも個性的なお店がたくさんある。

「善右衛門」という居酒屋は、入口がガラス張りの引き戸になっていて、唯一屋外からお店の中が覗ける店だ。だから、一見客のハードルもそれほど高くない。店の造りはドラマの「深夜食堂」にそっくり。カウンターに囲まれた小さなスペースで、マスターが腕を振るう。常連は年配客が多く、皆親切に池上の歴史のことなどを教えてくれた。

善右衛門の隣「栢山（かやま）」という家庭料理屋では、本当に美味しいものを出してくれる。おまけにリーズナブルだから、いつも腹を減らしている美咲の胃袋を充分満足させてくれた。お客さんは、ダーツやボウリングの同好会仲間がメイン。店の女将さんと一緒にプレイしている写真が壁を飾る。

「理麻」という店のマダムは古希を超えている。カウンターがギシギシと鳴る、古き良き時代のスナックだ。きんさんぎんさんの時代までは儲（もう）かっていたが、それ以降は鳴かず飛ばずだという。お孫さんが、ミス青学コンテストの最終審査に残ったと自慢していた。

その日は「喜代美」という店で飲んでいた。先代であるおじいちゃんから店を引き継いだ孫の女将さんと、お会式の話で盛り上がった。

「駅からお山の麓まで、二キロぐらいの道筋に屋台が立つのよ。ホント、盛大なお祭り。でも、若い頃はお会式の日は朝早くから、地元の友だちとドライブに行ったりしてた。夜遅くまで池上では交通規制があるから車が入れないし、夜中まで遊び回るいい口実になったからね」

「そうなんですか」

まだ早い時刻だったので、カウンターには美咲以外の客はいなかった。

「万灯やってる人たちの法被から小銭がポロポロ落ちて、子どもの頃は、それを拾ってお小遣いにしてたわ」

思わず噴き出してしまった。

「お会式って、歴史が古いんですか」

「江戸時代からあるっていわれてるけど、でも近頃段々縮小傾向にあるみたい。万灯行列の人たちも、昔はお酒を飲んでやっていたけど今は禁酒だって」

「へえ」

「住民たちが、騒音がうるさいっていうから、十二時前にはみんな撤収するようになったし。渋谷のスクランブル交差点みたいに、ＤＪポリスが来て、交通整理やってる。いつの間にやら日本人はお行儀よくなってしまったわね」

お行儀がいいのは悪いことではないが、お行儀が良すぎるお祭りは、あまり面白くないような気がする。無礼講（ぶれいこう）が許されるからこそ、お祭りではないのか。

ガラガラと引き戸が開き、吉川弘美が入って来た。

「あら、このお店にも来てるの？　美咲ちゃん、もう有名人ね」

弘美が美咲の隣に腰かけた。

「背の高い女の子が、夜な夜なこの界隈を徘徊してるって噂よ」

「引きこもってばかりいるの、よくないと思いまして」

「美咲ちゃん、血色もいいし、元気になったわね。初めて会った時なんか、ドロンとした目つきで、愚痴（ぐち）ばかり言ってたじゃない。ヒドイ会社に勤めてたとか、池上はお墓ばっかりで怖いとか」

「いっ、いえ、今では池上、好きっすよ。みんな親切だし、お寺の良さだってわかるようになりました。お会式の話も聞きましたし、やっぱり池上って有名な観光地だったんですねえ」

「池上のお会式は有名よ。全国から人が集まって来るからね。講中（こうじゅう）の人たちも、気合入れてるわ」

　こうじゅう？　また知らない単語が出て来た。

「まあ、檀家や信徒の集団みたいなものよ。万灯行列をやってる人たちも講中ね。万灯講」

「へえ。講なんて言葉初めて聞きました」

「池上には四つか五つくらいあるかな。万灯同好会みたいな講もあるけど、ちゃんとしたお寺がバックについている講が主流ね。実はあたしも講に属しているの。父が会員だったからその流れでね。本妙院が取持ち寺の心睦会(しんむつみかい)って講」

「本妙院って早見さんのところですか」

「早見さん、知ってるの？」

「はい。おばあちゃんとおとうさんのお葬式をやってもらったんです。あたしの家は、元々本妙院の檀家だったみたいで。そういえば、今度キャンドルナイトとかいうのをやるみたいですね」

「キャンドルナイト？　あれってお山がやってるんじゃない？　本妙院もやるんだ」

「知らなかったですか」

「うん。あたしは招かれてないから。本妙院はいろいろなイベントに積極的ね。コンサートとかも開催してるし」

キャンドルナイトばかりかコンサートまでやるなんて、近頃のお寺は随分ハイカラになったものだと感心した。そういうところなら、マインドコントロールされる心配もないかもしれない。

「マインドコントロール?」

弘美と女将が同時にケラケラと笑った。

「ないない。カルトじゃあるまいし。早見住職はそんな人じゃないわよ」

「早見さんが住職なんですか?」

若いからてっきり、普通のお坊さんかと思った。住職というのは、寺の長である僧侶のことだ。

「一昨年、先代、つまり早見さんのお父様がお亡くなりになられて、お寺を継いだのよ。で、美咲ちゃんはキャンドルナイトに招待されたってわけね?」

弘美の下目蓋が、妙な感じに盛り上がった。

「一応檀家ですから、声かけてくれたんじゃないですか」

「あら、あたしだって講中よ。でも、誘われなかった」

弘美がわざとらしく口を尖らせ、含み笑いをした。

「早見さんて、ちょっといいなって、この界隈では有名なのよ。独身だしね」

女将が弘美の代わりに解説してくれた。

「えっ？　お坊さんって、女の人と付き合ったりできるんですか？」

「当たり前じゃない。みんな結婚してるんだから。まあ、あたしは彼氏いるから、関係ないけどね。ああ、ところで美咲ちゃん、バイト探してたわね」

以前弘美に会った時、そんな話をした。解雇補償金と父親の遺産のおかげで当面生活はできるが、そろそろ動き出したい。正社員にはまだトラウマがあるので、取りあえずバイトから始めようと思っていた。

「何でもいいっていうなら、バイトを募集しているお店知ってるけど、興味あるかな」

くず餅屋のアルバイトだという。飲食店のバイトなら学生時代経験があった。

「藤乃屋っていう老舗なんだけど、ご夫婦で切り盛りしているの」

「お知り合いなんですか」

「うん。ご主人は心睦会の会長だから。親切でいい人たちよ」

「わかりました。ちょっと考えさせてください」

とは言ったものの、お願いするつもりでいた。弘美がいい人と言うなら、いい人に違いない。

家に帰ってから、ＰＣを起動させ、お坊さんの結婚について調べてみた。いろいろなサイトを検索していると興味深い記事を発見した。

「明治時代に、神道を国教としようとしていた政府が『今より僧侶の肉食・妻帯・蓄髪等勝手たるべき事』という布告を出して、仏教の勢力を弱めようとした歴史があります」

僧侶を俗人と同じにすることで、仏教を貶めようとしたのか。そんな理由で妻帯が認められ、現在に至っているというのはなんだか妙だと美咲は思った。

そういえば日本史で、廃仏毀釈運動のことを習った。神仏習合の廃止を決めた明治政府の意向が拡大解釈され、仏教施設の破壊運動に繋がったのだ。

ついでに今度は「キャンドルナイト」で検索してみた。

「夏至と冬至の夜、二時間電気を消そうと呼びかける『百万人のキャンドルナイト』がスタートしたのは二〇〇三年。二〇〇一年にアメリカのブッシュ大統領が、一カ月に一基ずつ原子力発電を建設する、という政策を発表し、カナダでそれに反対した自主停電運動が行われました。この運動をヒントに、日本でもやってみようと始まったのが百万人のキャンドルナイト。『電気を消してスローな夜を』を合言葉に、たまには電気のかわりにキャンドルの灯りで過ごしてみるのはどうでしょう？　という提案でした」

本妙院のＨＰにはこのような記載がある。

――やっぱり、行ってみようかな。

行こうかずっと迷っていたが、やっと決心がついた。

本妙院のキャンドルナイトは、一言で言えば素晴らしかった。

お寺の門から本堂に飾られた、数多の竹灯籠。竹灯籠とは、青竹に透かし彫りを施し、中に蠟燭を灯したものだ。聞いたところによると、灯籠は二百個以上あるという。既製品ではなく、ボランティアの人たちの手作りらしい。一つ一つ形が違うし、模様も違う。

竹灯籠ばかりでなく、様々なオブジェもあった。本堂の前の櫓は、カラフルで長大な帯で飾られ、枯山水の上には色とりどりの玄関マットのような物がぶら下がっている。どこかの近代美術館のようにシュールな光景だ。

「やあ、紺野さん。来ていただけましたか」

振り返ると早見住職がにこやかに微笑んでいた。自然に美咲の頬もほころんだ。

「お元気そうになられましたね」

そんなことをつい最近弘美にも言われた。

「ええ、おかげさまで元気です。あの……あたし、以前はそんなに元気がないように見えましたか？」

「元気がないというより、何か問題を抱えているように見えました。ずっと前にお会いした時、確か赤いキャップを被った少年を捜していましたよね」

――ああ。思い出したくないことを、思い出してしまった。

「確かにあの時は、問題を抱えていました。っていうより、怒っていたんです。すんごく」

「いったい何があったのですか？　もし差し障りなければ、お聞かせ願えませんか」

　頭の中で、一連の出来事が走馬灯のようによみがえった。毎朝何度もピンポンダッシュをされたこと。とっ捕まえたら「おばさん」やら「ババア」と言われたこと。大事な採用通知を盗まれ、希望していた再就職先から蹴られたこと……。

　これらのことを、正直に話した。早見住職は、難しい顔をして考え込んだ。

「少年がなぜそんなことをしたのか、心当たりはありますか」

「いえ、まったく」

　答えながら、確かにあの子はなぜあんなことをしたのか、ふと疑問に思った。自分とはまったく面識がないし、恨(うら)みを買うようなことをした覚えも無論ないはずだが――。

「単なるいたずら以上の何かを感じるのですが、紺野さんに思い当たる節がないのなら仕方ありません。いずれにせよ、過ぎたことは忘れてしまうのが一番です」

「はい。そう思いますが……」

「まだ怒りを感じてる？」

「ええ。少しだけ。早くこんなことは忘れたいんですけど」

「怒りを忘れ明るく生きるか、あるいは怒りに満ちた不満だらけの人生を送るか。それはその人次第であって、それ以外に原因はないとわたしは思っています」

そうは言っても、思い出させたのはあなたでしょう。思わずムッとなった。否、こういう性格だから、不満だらけの人生を送ると言われてしまうのか。

「キャンドル、綺麗ですね」

もう少年の話にはこれ以上触れて欲しくなかったので、話題を変えた。

「ありがとうございます」

「キャンドルナイトのこと、調べました。面白い企画ですね。元々カナダで始まったとか」

「そうですね。本院では今年で二回目の催しです」

「枯山水の上にマットが吊るしてあるのには、驚きました」

「あれは『マット de 枯山水』と呼ばれています。キャンドルとのコラボですね」

「これだけのものを作るのは大変だったでしょう」

「賛同してくださる方々や、面白そうなことをやってるから遊びに来た、という方たちとの出会いがあり、輪が広まったんですよ。わたし一人だけではとても、ここまでのことはできません」

「お一人というのは、お寺でもお一人ということですか」

「はい。他の僧侶も、寺務員もおりません。わたし一人だけです」

「わたし、お坊さんって恋愛とか結婚とかできないと漠然と思ってましたけど、違うんですね。調べたら、明治からは妻帯が許されたって」

「おっしゃる通りです。しかし国から結婚も自由ですと言われて、単に乗っかるようでは、仏道を求める気持ちがあるか疑問です。わたしたちの目的は、自己の解脱だけではありません。大衆の救済です。そのために、世俗からむやみに遠ざかるのではなく、人々と共に歩もうという考え方が広まった結果だと思います」

　確か日本は大乗仏教の国だと習った。大乗仏教は自分一人の悟りのためではなく、多くの人々を救済するための流派だ。

「お坊さんって、何か近づきがたいイメージがあったんです。わたしたちみたいな俗人が気軽に話しかけていいのかな？　修行の邪魔にならないかなって。そもそも法事の時以外、あまりお目にかかりませんし。だけど、早見さんは全然違いますね。気軽に声をかけてくださるし、とっても話しやすい」

「そういう風に見られる風潮を作ってしまった、我々の側にも責任があります。お寺ではキャンドルナイト以外にも様々なイベントを企画しているんですよ。また是非お立ち寄りください」

生暖かい初夏の風が吹く中、帰路に就いた。

早見住職に言われた「怒りを忘れ明るく生きるか、怒りに満ちた不満だらけの人生を送るか。それはその人次第。それ以外に原因はない」という言葉が、心に残っていた。要は怒りは外的要因ではなく、己の心の持ちようということだ。ちょっとしたことで激高する人もいれば、ひどい仕打ちをされても平気な人もいる。

怒らない人は、物事に対し寛容な心を持ち合わせているのだろう。自分だって完璧な人間じゃない。知らぬ間にどこかで他人を傷つけているかもしれない。だからお互いさまじゃないかと——。

こういう心を持っていれば、怒りの感情は湧いてこない。しかし、言うは易し。自分はまだまだ修行が足りないと、美咲は思う。

マンションに着くと、郵便受けにチラシが入っているのに気づいた。スーパーの安売りの広告だ。ついでに手紙が来ていないか、調べてみた。銀行や保険会社からのダイレクトメールに交じって、紺野美弥子様という宛名の封書を見つけた。

紺野美弥子？　いったい誰よ、それ？

おそらく配達の人が別の紺野さんと間違えたのだろう。同じマンションに同姓の人がいるのだろうか。佐藤や鈴木ならともかく、紺野というのは比較的めずらしい苗字だが――。

探してみると、果たして紺野という苗字の郵便受けがもう一つだけあった。

六　解けた誤解

相も変わらず、クラスでは無視ごっこが続いていた。

しかし尊は歯牙にも掛けなかった。みんなクラスのリーダーの美濃部と、サブリーダーの白鳥に従っているだけだ。もし何らかの理由で、美濃部の信用が失墜すれば、皆もう意味のない無視ごっこはやめるだろう。

放課後、いち早く帰るのもやめにした。どうせ家に帰っても邪魔者扱いされるだけだ。従妹の舞など、まるで蜘蛛を見るような目つきで自分を見る。だからランドセルを置くと、すぐ表に飛び出した。これでは早く帰宅した意味がない。

その日、尊は皆が下校しても一人教室に残り、ゲームをやっていた。母親に誕生日のプレゼントに買ってもらったニンテンドーの3DS。パッケージを開けるなり、飛び上がって喜んだものの、それから二週間後に、母は見知らぬ男と失踪した。

ふと窓を見やると、人がまばらにしかいない校庭で、一人の少年がサッカーのドリブルをしていた。裕也だ。三番勝負をしたあの日以来、裕也とは話していない。

３ＤＳをオフにし、席を立った。ランドセルを背負い、下駄箱で下履きに履き替える。尊が近づいても、裕也はボールに夢中で気づく気配がない。

そういえば、昼休みもこいつは一人で校庭で遊んでいたような気がする。友だちがいないのだろうか。

ランドセルを地面に下ろし、さらに近づいた。裕也は相変わらずボール以外は眼中にない様子だ。

目の前に立ちはだかると、ようやく裕也が顔を上げた。その隙にボールを奪い、ドリブルした。裕也が追って来る。しかし、ジグザグに動く尊に食らいつくのに苦労していた。ボールの扱いはあまり得意ではないようだ。

ボールを奪われそうになると、今度はダブルタッチに切り替えた。ギャロップしながらボールを移動させる離れ業だ。小三でこんなことのできる人間はめったにいない。裕也が目を白黒させながら、ついて来る。

最後はビハインドターンで切り替え、ダッシュした。突然コースを変えたボールとそれを追う尊を見て、裕也がその場にへたり込んだ。

「……無理。お前、強過ぎ」

息を切らせながら、敗北を宣言する。

「今回は俺の勝ちだな。ってか、お山の階段だって俺が勝ってたぞ。お前に襟を摑まれたから負けたんだ」

裕也は校庭で胡坐をかき、しばらく考え込んでいた。

「悪かった。バランス崩して落っこちそうになったから、お前を摑んだっての、あれ、嘘だから。お前に追い越されて焦って、つい手が伸びたんだ。だから、あの勝負もお前の勝ちだよ」

そういうことだろうと思ってはいたが、素直に認めたのには驚いた。

「それから、最後の相撲。お前、びくともしなかったな。強えーと思ったよ。お前がお坊さんに気を取られてたすきに投げたけど、あのままだったら俺、負けてたかもしんねー」

「いや、すきを見せた俺がいけないんだ。びくともしないのはお前のほうだったよ。あれは俺の負けだよ」

裕也って意外といいやつなのかもしれない。いいやつの前では、尊も素直になれた。

「それにしてもお前、サッカーうまいな。クラブとかにいたの？」

裕也の隣に体育座りをするなり、訊かれた。

実は幼稚園の年長組から小二まで、少年サッカーチームでプレイしていた。池上に越して来たのを境に、やめてしまったが。

「お前こそ、相撲強いな」

「とうさんに鍛えられた。中学卒業したら俺を相撲部屋に入れるとか言ってるけど、俺、ぜってー嫌だから」

どうしてか尋ねた。

「だって、ふんどしとか、かっこ悪いもん。人前で裸になるとか、ありえねーし。それに、俺勉強はあんま好きじゃねーけど、一応高校には行くぜ。中卒で相撲とか、ありえねーし。どんな親だよ」

思わず大笑いしてしまった。裕也も釣られて笑った。

「ところで、なんかいつも一人だよな。実はお前も、ハブられてんじゃねーの？」

一瞬裕也はムッとした表情を見せたが、すぐにため息をついた。

「榊原（さかきばら）、知らね？」

「知らない」

「そうか、お前転校生だもんな。二組に榊原ってやつがいるんだよ。一年の時からずっと騒がしいやつで、授業中にいきなり大声出したり、歌うたったり。でも、榊原ってそういうやつだからって、みんな我慢してたんだ。だけどこの間、クレヨンしんちゃんみたいにケツ丸出しにして『ケツだけ星人、ぶりぶりぶり～』とか言いながら、女子追い回してたの見て、さすがにもう黙ってられなくなった。女子はみんなギャ～ギャ～悲鳴上げながら逃げ回ってたし」

いい加減にしろ、と榊原を小突いたのだという。手加減はしたが、小柄な榊原は尻もちをつき、いきなりスイッチが入ったように泣き叫んだ。

「ギャピンギャピン大声で泣くから、大問題になって。親呼び出されて、説教されて。助けてやった女子まで、榊原くんはちょっとふざけてただけとか言うし。暴力振るった俺が一方的に悪いみたいなことになって。あの子は乱暴だからつき合うなとか、みんな親から言われたみてーで」

「で、ハブられてるのか？」

裕也はむっつりとうなずいた。自分はクラスメイトに無視されているだけだが、裕也の場合は親ぐるみだからもっと悲惨だ。

「なんか、ギャンギャン言ってるのは新住民の親たちばかりだって、とうさんが言ってた」

新住民？

「新しく池上に来た人たちだよ。駅前のマンションなんかに住んでる」

「それって、俺のことかよ」

「お前もマンションに住んでるの？　でもお前は他のやつらとは違うな」

「どう違うんだ」

「う〜ん……根性がある。美濃部や白鳥とは大違いだ」

「美濃部や白鳥も新住民なのか？」

「そうだよ。あいつら、二年の時に越して来たんだ。俺、同じクラスだったから」

そんなことなどまったく知らなかった。

「美濃部は勉強できるけど、やたらカッコつけてて、女子はみんな美濃部のことが好きみたいだったな。だけどあいつ、女にはまったく興味がありません、みたいな顔してんだろう」

「そうそう」

「白鳥は美濃部のこと、好きだよな。美濃部もぜってー好きなくせに、知らんぷりしてやがる。ええカッコしいなんだよ、新住民ってのは」

それが典型的新住民だとしたら、確かに自分とはまったく違う。

「お前、美濃部が嫌いだったの？」

「好きじゃなかったな。なんか、住んでる世界違うって気がしたし」

「じゃあ俺とはどうなんだよ」

「お前とは……結構同じ世界にいるような気がする」

「そうか。俺もそんな気がする」

こうして図らずも、池上に来て初めて友だちと呼べる人間に巡り会えた。石川も友だちには違いなかったが、お互い他の友だちがいなかったからつるんでいたようなものだ。その証拠に美濃部に拾われてから、石川はこちらに見向きもしなくなった。

掃除をサボっていたことに関しては、確かに自分が悪いと思っている。だから、真面目に行うようになった。しかし、それ以外に非はないはずだ。三枝は勝手にぶつかって来た。裕也と殴り合いの喧嘩をした暴力的な人と、女子どもは嘯いたが、殴り合いどころかこんなに仲良くなったではないか。


その日から尊は裕也と遊ぶようになった。隣の教室同士だったので、休み時間にはお互いのクラスを行き来した。昼休みは校庭に出てサッカーをした。放課後も校庭で暗くなるまで遊んだ。裕也は尊とは反対方向に住んでいたので、一緒に帰ることができないのが唯一心残りだった。

ある日、裕也が尊の家に遊びに行きたいと言い出した。今日は舞が塾の日だし、伯母さんも舞を送りがてら買い物をするので、今家に帰れば誰もいない。

「いいよ。だけど、伯母さんたちが帰って来るまでだぜ」

裕也には複雑な家庭環境のことを少しだけ話していた。

お寺の建ち並ぶ参道を抜け、霊山橋を渡って、本門寺通りを行くと、いつものくず餅屋のおばさんと目が合った。おいでおいでをするので、どうすると裕也を振り返る。

「お前、太田さん、知ってるの？」

裕也が尋ねた。

「ああ。いつもくず餅とか、食べさせてもらってる」

「太田さん、心睦会の会長なんだ。偉い人なんだぞ」

シンムツミカイ？

「講だよ。結社って呼ぶ人もいるけど」

ますますわからなくなって来た。池上には不思議な日本語があるらしい。

「うちはじいちゃんの代からずっと心睦会なんだ。万灯行列とかするんだよ」

もう完全にギブアップだ。裕也がなんのことを言っているのか、さっぱりわからない。

「それより、くず餅ごちそうになろうぜ。腹減ってね？」

「おう」

店に入ると、奥から太田さんのご主人が出て来た。

「おう。裕也もいるか。久しぶりだな。たまには、こっちにも顔を出せや」

「はい」

「もうすぐ盆踊りだな」

太田さんのご主人と裕也が、何やら親し気に話し始めた。お山のお寺でイベントがあるらしい。裕也はまだ小三なのに、頼りにされていた。学校のみんなにも声をかけろと言われ、「任せてください」と胸を叩いている。

二人がいろいろ話している間に、おばさんがくず餅を切り、パックに詰めてくれた。

「遠慮しないで食べなさい。育ち盛りなんだから」

おじさんとおばさんに礼を言って別れた。

「お前、すげーな。おじさんに頼りにされてたじゃん」

店を出るなり思わず声が漏れた。大人の男性と対等に話ができる裕也が、羨（うらや）ましかった。

「まあ、仕事の話だからよ」

裕也が自慢気に言う。

「その、何とか会ってのの仕事なのか」

「心睦会だよ。盆踊りの手伝いをするんだ」

「へ～っ」

「盆踊りとか、節分とか、花祭りとか、やることはいろいろあるよ。でも一番でっかいのは、お会式かな」

オエシキ？

「まあ、お祭りみたいなもんだよ。駅前からお山の麓まで、屋台がいっぱい出るんだぜ。焼きそばとか、たこ焼きとか、フランクフルトとか」

聞いているだけで、生唾が湧いて来た。

「俺らは、お会式で万灯行列やるんだよ」

そういえばさっきも、マンドウ何とかのことを言っていた。

「俺は纏担当。中学生用の纏なんだけど、俺は身体が大きいから大丈夫って」

また、わからない日本語。いちいち質問するのナンなので「すげーな」とだけ相槌を打っておいた。

マンションの前まで来ると、裕也が建物を見上げ「でけ〜な」とため息を漏らした。

「二十八階建てだよ。うちは二階だけどな」

エントランスを潜り、エレベーターに乗った。二階の扉が開くと右に曲がり、真っ直ぐに進む。廊下の突き当たりが、尊たちの住戸だった。

ドアノブに手をかけると、ロックされていなかった。誰かが家の中にいる。しかし、まさかここまでついて来た裕也に「帰ってくれ」とは言えない。恐る恐る扉を開けると、玄関には小さなピンク色のスニーカーが転がっていた。

家に上がり、子ども部屋を覗くと、果たして舞がいた。机に向かい、漢字ドリルをやっている。尊が現れるなり、ねめつけるような目で見た。その眼差しが、裕也にも向けられる。

「従妹」と囁いた。舞には「二組の友だち」と紹介した。舞がフンと鼻を鳴らしただけで、ドリルに戻った。

「今日、塾は？」と尋ねる。

「今日はお休み。プール熱が流行ってるからって」

「伯母さんは？」

「ママはお買い物」

「そっか」

尊は裕也を連れてキッチンに行き、くず餅を皿に取り分けた。黒蜜ときな粉をたっぷりかけると、舞に持って行った。

「何これ？」

舞が眉をひそめる。

「くず餅だよ。うまいぞ」

「いらない」

「そんなこと言わないで、食べてみろ」

「ダメだよ。ママがおやつはだめって。もうすぐ晩ご飯だし」

母親そっくりの口調で言う娘を見て、ますますこいつに決まりを破らせたくなった。毎日サバの水煮だけを一生懸命食べている小一なんて、あまりにも不自然だ。

「美味しいよ。食べてごらん」

裕也が普段からは想像がつかない優しい声で言った。裕也と目が合うとすぐに逸らせたが、舞はおずおずとくず餅に手を伸ばした。

「黒蜜ときな粉をたっぷり絡めるんだぞ」

舞は言われた通り黒蜜ときな粉を絡め、くず餅を口に含んだ。

「なんかコンニャクみたいだね。ちょっと甘いコンニャク」

「コンニャクとは違うけど、うまいだろう」

「わかんない」

と言いつつも、二切れ目を食べようとしている。先ほどよりもさらに黒蜜ときな粉を絡めていた。

「あっ、美味しいかも。甘くしたほうが美味しいね」

二切れ目を凄い勢いで食べ終え、さらにもう一切れ口に入れようとした。やはり舞も餓えていたのだ。

舞が頬張っている正にその時、玄関のドアが開く音が聞こえた。まずいと思った時には遅かった。買い物袋を抱えた伯母さんが、子ども部屋の前に立っていた。まだモグモグ口を動かしていた舞に眉をひそめる。急いで食べかけのくず餅を飲み込んだ舞が「たっくんに食べろって言われたから」と必死に言い訳をした。

伯母さんが尊を振り向き、次いで尊の隣に立っていた同じくらいガタイのいい少年に視線を移した。

「……じゃあ、俺、帰ります。おじゃましました」

状況を敏感に察知したらしい裕也が、ランドセルを背負い、伯母さんの脇をすり抜けて行った。伯母さんはしばらく裕也の背中を見送っていたが、やがて尊に向き直った。

「どういうことなの？　たっくん」

「え……？　えっと――」

「あの子いったい誰？　友だち？」

「そう。クラス違うけど」

「そのお皿に盛ってある、お餅みたいのは何？　あの子にもらったの？」

「……そうじゃなくて」

「説明しなさい」

仕方なく経緯を説明すると、吊り上がっていた伯母さんの眉がさらに険しくなった。もうくず餅を貰うのは禁止、物乞いしているみたいで恥ずかしい、と責められた。

「ちゃんと家で食べさせていないみたいじゃないの」

その通りだろうと心の中でつぶやいた。

「笑われるのはあんたじゃない。伯母さんなのよ」

「……」

「それから今度舞に変なもの食べさせようとしたら、もうたっくんにはご飯作ってあげないからね」

くず餅は変なものじゃない、と喉元まで出かかったが、ぐっとこらえた。

その後もガミガミ小言を言われ、やっと解放された頃には、すっかり夜の帳が下りていた。

嫌なことは続くもので、翌日も尊は歓迎されざる事態に見舞われた。

伯母さんにああ言われたものの、藤乃屋のおばさんが、またくず餅を包んでくれたら、遠慮なく貰うつもりでいた。その代わり、お礼はいつか絶対にしようと思った。大人になって金持ちになったら、毎日くず餅を百箱買って、恵まれない子どもたちに食べさせてやるんだ。

ところが翌日の下校時、藤乃屋の前を通りかかった時、見覚えある顔がエプロン姿で働いているのに気づいた。もうかなり前に、怖い顔をして追いかけて来た、あの背の高いおばさんだ。

なんであいつが、あそこで働いている?

運が悪いことに、目が合ってしまった。一瞬ハッとなったおばさんは、作業していた手を休め、店から出て来た。

尊は足を速めた。

背後から「待ちなさい」と、鋭い声がかかった。

梅雨が明け、本格的な夏が到来した。

美咲は随分池上の生活にも慣れた。

ほぼ毎日、お山に通うのには様々な理由がある。第一の理由は墓参り。二番目は運動のため。お山に登る此経難持坂の石段は九十六段あり、ここを登ると、なまっていた身体が一気に引き締まる。

三番目は、教養を深めるためだ。お山やその周辺には、歴史的建造物がふんだんにある。例えば此経難持坂を登ると、右手に見えるのが長栄堂（ちょうえいどう）。建物の前に鳥居があったので、最初は「あれっ?」と思った。鳥居はお寺ではなくて、神社の前に建っているはずではないか。調べると、長栄大威徳天（だいいとくてん）をお祀（まつ）りする御堂とある。平たく言えば、お稲荷さんを祀っている。

仏教には神様がいないと思っていたが、これは大きな間違いだった。仏法および仏教徒を守護する神々がいて、護法神（ごほうじん）や諸天善神（しょてんぜんしん）というらしい。お馴染（なじ）みの帝釈天（たいしゃくてん）や大黒様、金剛力士などがそれに当たる。長栄大威徳天は、日蓮聖人が佐渡島（さどしま）配流中、白髪の翁（おきな）（お稲荷さんではなかったらしい）姿で現れ、法華経の行者守護を誓った。

仁王門のところに祀られている金剛力士像は、アントニオ猪木がモデルというのだから驚く。そのアントニオ猪木をプロレス界にスカウトした力道山の墓も訪れた。本門寺の墓地の奥まったところにある、立派なお墓だった。池上に来た当初は「力道山って誰？」と思ったが、「日本プロレス界の父」と呼ばれ、戦後の日本にプロレスブームを巻き起こした凄い人だ。

ホラー映画で悪霊が人を串刺しにするため使っていた、昭和のスキー板のようなものは卒塔婆（そとば）と呼ばれることも学んだ。故人や先祖を供養する追善供養の目的で立てられるという。卒塔婆はサンスクリット語のストゥバ（仏塔）が語源。つまり、卒塔婆の親分が墓地のど真ん中に建っている国の重要文化財、五重塔ということだ。

忘れてはいけないのが、仁王門を抜けた正面にある大堂（おおどう）。日蓮聖人七回忌に建てられた、御尊像を奉安する巨大な御堂だ。

この他にもたくさんの御堂や御殿があり、まるで小さな古都にいるような気分になる。

そしてお山に登る第四の理由は、早見住職だった。

住職のお寺、本妙院は本門寺の総門のすぐ近くにある。だからお山に登る時は、必ず本妙院の前を通る。住職は門の前に出て掃除をしていることが多いため、会えば挨拶を交わし、立ち話をした。

お坊さんと話をしていると、やはり心が洗われる。テンション高めの自分とは違い、早見住職は穏やかに話す。感情を露にすることは決してなく、いつもクールだ。住職に感化され、一時は荒れていた美咲の心も随分と平静を取り戻した。


夏休みも間近に迫ったある日、美咲は朝早くからお山の東にある本門寺公園を歩いていた。次の日からバイトで働くことになっていたので、定休日以外はもうお山に登れない。だからその日は、普段より精力的にあちこちを探索した。

公園には松林があり、そのうちの一本が実に奇妙な形をしている。真っ直ぐに伸びた幹が、途中から直角に折れ曲がっているのだ。元々松はぐねぐねした形状をしているが、これほど急激なカーブを描いている幹は、他になかった。

松の近くを通った時、人影があるのに気づいた。妖精のおばあちゃんだ。曲がった幹の前で手を合わせ、何やらブツブツつぶやいている。声をかけようかと思ったが、あまりにも熱心に拝んでいるので断念した。もしかして、毎朝家の前を通るのは、この木を拝みに来るためかもしれなかった。

突然ベンチで泣き始めた赤ちゃんに気を取られた隙に、老婦人はいなくなっていた。僅か五、六秒の間だ。本当の妖精かもしれなかった。

翌日がバイトの初日。

弘美に紹介された藤乃屋の太田夫妻は、評判通り親切な人たちだった。面接の時、前の会社を離れた理由を説明すると、「それは大変だったね～」と夫婦共々眉をひそめた。

「大きな会社にいた優秀な人に、うちの仕事なんか手伝っていただくのはおこがましいかもしれないけど――」

「いいえ、そんなこと、まったくないです。是非、働かせてください」

こうして即時採用となった。

業務内容はシンプルなものだった。くず餅自体は工場で委託生産されるため、お店で行うのは、黒蜜やきな粉の製造、包装、販売だけ。とはいえ、単純に見えても、どの作業にも職人技が要求され、一筋縄ではいかない。特に黒蜜製造には年季が必要だ。

生ものなので、その日のうちに売り切らなければならない。保存料は未使用なため、スーパーなどへの納品は難しいという。

初日は主に、黒蜜をプラスチック容器に詰める作業と、くず餅の包装を行った。その合間に販売をサポートしたり、店内で食べるお客さんにお茶出ししたりと、大わらわだった。とはいえ、久しぶりに頭と身体を動かすのは心地よかった。やはり仕事は楽しい。

「美咲ちゃん、ちょっと休んだら」

女将さんに言われ、ひと息つこうと思っていた時、見覚えのある赤キャップが目の前の通りを歩いているのに気づいた。あの日から忽然と姿をくらませていたのに、こんなところで巡り合うとは――。

目が合うや、少年はひるんだ顔になった。美咲が店を出ると、足早に立ち去ろうとする。

「待ちなさい」

思わず強い声が出た。それが合図のように、少年が駆け出した。

逃がしてなるものか。美咲もダッシュした。

必死の形相で追いかけっこしている、太った少年とエプロン姿の大柄な女性に、道行く人々は慌てて道を譲った。

少年は、体格の割にはすばしこかった。しかし、こちらは元来体育会系。走るのには慣れている。このままでは捕まると思ったのか、少年が通りから路地に曲がった。しょんべん横丁だ。美咲も路地に入り、さらにスピードを上げた。少年はすでに息が上がっている。あともう少しで追いつける。

観念したのか、少年が走るのをやめ、膝に手をついて荒い息を吐いた。ちょうど、善右衛門の前だった。美咲も足を止め、呼吸を整えた。まだ早い時間だったため、付近にあるバーに明かりはない。

人気(ひとけ)のない横丁で、美咲は少年に向き直った。

「なんで……追いかけて来るんだよ」

少年が息を切らせながら質問した。

「あんたこそ、なんで逃げるのよ」

「そっちが追いかけて来たからだろう」

「もしかして、あんた、紺野くんっていうの？」

少年がむっつりとうなずいた。

「あたしも紺野。紺野美咲。同じ苗字だね。名前は何て言うの？」

尊、と少年は答えた。

「そう。尊くんね。尊くん、サンライズマンションに住んでない？」

「住んでるよ」

やっぱりだ。尊は同じマンションの住民だった。引っ越ししてからかれこれ三ヶ月経つのに、今まで気づかなかった。

「あの手紙、届けてくれてありがとう。もしかして、間違ってそっちのメールボックスに入っていたのかな」

「そうだよ」

「だったら、あたしン家のメールボックスに入れ替えてくれればよかったのに」

そうすれば、すぐに会社に連絡でき、採用を取り消されることもなかっただろう。

「伯父さんに、直接渡せって言われたから」

尊が怒ったように言った。

「でも、全然出ねえし」

毎朝のピンポンダッシュの正体は、やはりこれだったのか。あの頃は落ち込んでいたので、寝坊ばかりしていた。とはいえ、インターフォンに出るまでもう少しだけ待って欲しかった。

「あたし、ちゃんと出たんだよ。でもいつもモニターに誰も映っていなかったから。重要な手紙だったのよ。もうちょっとだけ辛抱して、待っててくれればよかったのに――」

つい、恨みがましい口調になってしまった。

「知らねーよ！　遅刻できねーし」

尊が再び駆け出した。「待って」と声をかけたが、止まらなかった。美咲は去り行く背中を、力なく見送った。

またやってしまった……。

尊は、家の誰かに言われた通り、手紙を届けようとしただけだ。「ちゃんと本当にその人宛ての手紙か、ベルを鳴らして確認してから手渡しなさい」と言われれば、インターフォンを鳴らすだろう。出ないので面倒くさいからメールボックスに手紙を入れておくとか、同じマンションだから直接出向いて扉をノックするとか、そういう融通は利かない。小学生だから、大人に言われた通りのことを愚直に繰り返す。

——待てよ。

尊を一度だけ捕まえたことがあったはずだ。なぜあの時、手紙を渡してくれなかったのか？

当時のことを思い出し、それも仕方ないかとため息をついた。逃げる尊を、今回のように猛ダッシュで追いかけ、肩を摑んで乱暴に振り向かせたのだ。そして「なんでこんなことをするの」と眉をつり上げ、詰め寄った。

親切に手紙を届けようとしたのに、まるで犯罪者のような扱いを受け、尊は腹を立てたに違いない。だから、おばさんだのババアだの憎まれ口を叩き、美咲を振りきって遁走した。

足を引きずるようにして職場に戻った。女将さんに、どうしたのと訊かれた。

「あの子。うちによく来るのよ。いつもひもじそうにしてるから、くず餅をお土産に持たせているの」

「いつもひもじそうにしてる？　どうしてですか」

高層マンションの住人が、貧困家庭とは考えづらい。

「さあ、あたしもよく知らないけど。おかあさんはいなくて、伯母さんと住んでるみたいだから、遠慮してたくさん食べられないんじゃないかしら」

「そうだったんですね……」

「あの子が何か悪さでもしたの？　まあ、やんちゃなタイプだとは思うけど」

「い、いいえ。悪さなんかされてないです。悪いのはすべてわたしなんです」

太田夫妻が怪訝な顔で美咲を見た。

七　外から来た人　前からいる人

藤乃屋の仕事にも大分慣れて来た。

常連のお客さんの顔は覚えたし、難しいとされるきな粉づくりも任されるようになった。昔は法事などのために、お寺に大量に納品していたが、近年めっきり減ってしまったという。葬式離れ菩提寺離れはこんなところにも影響を及ぼしている。

近所の常連さんが買い物がてら、女将さんと世間話をしているのを聞いていると、新しく住民になった人たちに対する愚痴が、大半を占めていた。曰く、自分たちだけで固まって、交わろうとしない。町の行事に参加しようとしない。少しでも騒がしいと、すぐに警察に通報する

——。

女将さんが困り顔で、美咲を見ていた。美咲としては耳が痛いことばかりだ。

「あの人の言ってることも、わからないわけではないけど、俺たちだっていけないところはあるんだぜ」

常連さんが行ってしまうと、ご主人が肩をすくめた。

「美咲ちゃん、本妙院さんのキャンドルナイトに行って来たんだろう。飾りつけを手伝っていた中には、外部の人間だっているんだ。ところが、地元民が『他人の町で遊ぶな』とか文句を垂れるらしい。なんでそんな水を差すようなこと言うかね」

「新しく越して来た人を『入植者』って呼ぶ人たちもいるのよ。これはちょっとって思うでしょう」

まあ、移民と呼ばれないだけマシな気もするが。

「だから、俺たちもおそらく『原住民』って呼ばれているはずだよ」

ご主人が自嘲（じちょう）気味に笑った。

新住民は池上に居を構え、都心（丸の内や新宿など）に働きに出る。片や昔からいる人々はローカルだ。池上やその周辺（蒲田や大森）に勤めている人間が多い。しかし、どちらも同じ東京都ではないか。おまけに池上がある大田区はれっきとした二十三区。辺鄙（へんぴ）な山奥ではない。東京都民同士なのに、どうしてこうも線引きをしたがるのか。

「お山で毎年コンサートをやるけど、最初はうるさいって苦情ばかりだったっていうな。俺はいいと思うけどね、ああいうの。お山と麓の人間が近づくいい機会だし」

本妙院ばかりか、大本山の本門寺までコンサートを主催していたなんて知らなかった。池上のお寺は、みんな頑張っているのだ。

「でも文句を言ってたのは、地元の人ばかりじゃないでしょう。新しく越して来た人たちも、苦情を申し立てたじゃない」

女将さんが付言する。

「だからまあ、結局、旧住民も新住民も同じじってことなんだな。文句言うやつは言う。言わないやつは言わない」


同じ新住民同士の尊とはあれ以来会っていない。

美咲が藤乃屋に勤めているのを知った翌日から、通学路を変えたらしい。だからくず餅のプレゼントにあやかることもできなくなった。きっとお腹を減らしているはずだ。

仲直りをする方法を模索しているが、なかなかうまい考えが浮かばない。校門やマンションのエントランスで待ち伏せしても、また逃げられるだけだろう。

尊の住戸は美咲と同じ二階だった。つまり灯台下暗しだったわけだ。こんな近くに住んでいるのに、手が届かないなんて……。

結局美咲は、尊の家族を巻き込むことにした。藤乃屋の女将さんの情報によると、尊に両親はなく、伯父夫婦に引き取られたらしい。「大切な手紙を届けてくれた尊くんには感謝しています」と挨拶に行けば、その旨、尊にも伝わるだろう。もし尊が家にいれば、話す機会があるかもしれない。とにかく尊に謝りたかった。

手ぶらで行くのもなんなので、蒲田のデパートでショートケーキを買って行くことにした。くず餅のつけ届けも考えたが、結局こうなった。

夕方遅く紺野家の扉を叩くと「どなた」と警戒する声が中から聞こえて来た。来客は皆エントランスのインターフォンを鳴らすのに、いきなりドアを叩いたので身構えたのだろう。

「同じ階にいる紺野です。ちょっと前に越して来たんですけど、ご挨拶が遅れて申し訳ございません」

扉がわずかばかり開き、神経質そうな瞳が覗いた。美咲が会釈すると、扉が全開した。尊の伯母は、スリムで色白の女性だった。三十代後半くらいだろうか。

自己紹介し、間違って配送された手紙を尊に届けてもらったことへの礼を述べた。尊の伯母美弥子は、瘦(や)せた顔に不審の色を浮かべながら聞いていた。この件を知らなかったらしい。

「あの……尊くんはおられないのですか」

「今、留守にしてます」

「では尊くんによろしくお伝えください」

踵を返しかけた時、いつ池上に越して来たのかと訊かれた。

「四月の終わりくらいですかね」

美弥子に向き直った。

「元々渋谷にいたんですけど、事情があってここに越して来ました。ここは元々祖母が所有していたマンションですが、わたしが引き継ぐことになって」

「まあ。あたしたちも渋谷にいたのよ。社宅だけど」

「そうですか。わたしも借り上げ社宅でした」

詳しい住所を訊かれたので答えると「うちの近くじゃない」と美弥子が声を上げた。

「もしかして……」

とある会社名を告げられた。同じ系列に属する建設会社だ。そこに夫が勤めているという。

「いいえ、同じグループですけどわたしは工作機器のほうにいました」

「あらあ、凄いわね。大きな会社じゃない。エリートなのねえ」

初めに見せた不審な目つきとは打って変わって、顔がほころんでいる。

「とんでもない。リストラされてしまいましたし」

まあ、と美弥子が眉をひそめた。

「あそこは業績が芳しくないって噂だったものねえ。うちの主人の会社もなかなか大変みたいよ。人手不足で労務費が高騰してるみたいで……」

尊がいないならそろそろお暇しようと思っていたのに、放してくれそうもない。図らずも、尊の伯母さんに好かれてしまった。しかし、この人は尊にひもじい思いをさせている張本人なのだ。

「立ち話もナンだから——」

家の中に入るよう誘われたが、予定がありますからと断った。美弥子は残念そうに顔を曇らせ、「今度ぜひ、お時間のある時にいらして」と言った。

それから数日後、美弥子にお茶に誘われた。ちょうど定休日だったし、また辞退するのも角が立つので誘いを受けることにした。

行ってみると、すでに二人の女性がいた。二人とも美弥子と同世代。同じマンションの住民らしい。

オーガニックティーと、おからクッキーを振る舞われた。おからクッキーはダイエットにいいとしきりに美弥子が宣伝している。先日手土産に持って来た、こってこてのイチゴショートケーキは、歓迎されなかったに違いない。

三人の女性は、有機野菜だの環境保護だの話で盛り上がっていた。加工食品やファストフードを目の敵にしている。毎日食べると早死にするし、頭が悪くなるのだそうだ。いちいちこちらを振り返り「美咲さんもそう思わない？」と同意を求めて来た。曖昧に返事をしたが、何やらパフォーマンスを見せつけられているようで居心地が悪い。

玄関の扉が開く音がした。とんとんとんと、元気な足音が近づいて来る。体格のいい少年が、廊下の端に姿を現した。

「たっくん」と美弥子が呼ぶ。

「こちらに来て、皆さんにご挨拶なさい。紺野さんも来ているのよ。たっくんにお礼が言いたいんだって」

仏頂面をした尊が、重い足取りでリビングに姿を見せた。美咲と目が合うや、すぐに逸らす。尊は軽く顎を引いただけで回れ右をし、足早に走り去った。「尊くん――」とかけた声が虚しく宙に舞う。

「ごめんなさいね。もう三年生になるのに、ろくに挨拶もできなくて」

「三年生なんですか！」

思わず声を上げてしまった。身体が大きいからてっきり六年生くらいかと思っていた。小三なら融通が利かないのは当然だ。それでも尊は、誤配された郵便物をちゃんと届けてくれた。

「あの……尊くんの部屋に行ってもいいですかね」

「それは、構わないけど――」

どうしてそんなにあの子に固執するの？　と表情が物語っている。

席を立ちかけた時、奥の扉が開いて足音が近づいて来た。尊はリビングには見向きもせず、玄関に急ぐと、さっさと靴を履いて出て行ってしまった。

「すぐにああなのよ。家にはほとんどいないわね。遊びに行くならランドセルを置いてからにしなさいって、言い聞かせてはいるけど」

美弥子がため息をつく。

三人の話題が次第に、高尚な環境問題からローカルな池上問題に移っていった。平たく言えばご近所の悪口だ。本当はこれをしゃべりたかったに違いない。三人はしきりに、昔からこの町にいる人たちとは価値観や生活様式が違うと訴えた。

「そういえば、秋になったらまたあの騒がしいお祭りが始まるわね」

「いやあねえ。お祭りは別にいいけど、なんで我が家の目の前でやるかしら」

「酔っ払いが夜中まで騒いで、ホント迷惑」

「それってお会式のことですか」

美咲が口を挟むと、三人がうなずいた。

「提燈のお化けみたいな行列がいっぱいマンションの目と鼻の先を通るの。もの凄い人数でドンドン太鼓鳴らして、ピ～ヒャラピ～ヒャラ笛も吹いて。そんなのが、夜中まで続くのよ。翌日仕事の人だっているのに、いい迷惑よ」

「屋台もたくさん出て見物客も大勢来るから、それはもう凄い騒ぎだわ」

「でもお祭りって、そういうもんじゃないですか」

あまりにも否定的に言うので、お会式など観たこともなかったが、つい反論したくなった。

「お祭りっていうより、ストレス発散したいだけなんでしょう。山奥のお寺でやればいいのよ。池上は都会なんだから騒音防止条例に引っかかるわよ」

「そうそう。人の迷惑も顧(かえり)みず、自分たちだけ楽しければいいって発想は、どうなのよって思わない？」

「子どもの教育にもよくないし」

立て続けに反論され、美咲は口をつぐんだ。不寛容な人たちには何を言っても無駄らしい。子育て世代の三人には、塾や学校の送り迎えがあるらしく、ほどなくお茶会がお開きになったのは幸いだった。

もうこういう集まりは勘弁して欲しいと思いながら、美咲は美弥子の家を後にした。

その晩は久しぶりに、しょんべん横丁に呑みに行った。アキの店を皮切りに、喜代美、とみん家と馴染(なじ)みのバーをはしごし、最後は善右衛門でレモンサワーを啜(すす)っていると、ガラガラと引き戸が開き、弘美が入って来た。

「久しぶりね。元気にしてた？」

弘美も早番のシフトになったらしく、あまり飲み屋には顔を出していないようだった。美咲も弘美に会うのは久しぶりだ。再会を祝い乾杯した。

藤乃屋は以前勤めていた会社と違い、アットホームな雰囲気で働きやすいと弘美に礼を述べた。

「それはよかった。美咲ちゃんももう立派な池上の住民ね」

「いえ、そんなことないです」

「新しく越して来た人で、地元に溶け込めるのは少数なのよ」

弘美は焼酎のロックをゴクリと飲むと、思い出したように含み笑いをした。

「どうしたんですか？」

「早見さん、レレレのおじさん状態だって」

レレレのおじさん？

「ほら、いつもお寺の前でお掃除してるでしょう」

「えっ？　でも、早見住職はお掃除は読経と同じくらい大切な仕事と言ってましたけど」

「それは御堂や境内をきれいにすることは大事よ。だけど、毎朝お寺の前をしつこく掃く必要はないじゃない。以前はそんなことしなかったわよ。あれは、きっと誰かを待ってるからじゃないかな？　お出かけですか～？　レレレのレ～って声がけするために」

「……そうなんすか」

いきなりバンと背中を叩かれた。

「そうなんすかじゃないわよ。もうバレてるぞ。早見さん、毎朝お寺の前で背の高い女の子と立ち話してるって。あちこちで噂されてるから。鼻の下、こ～んなに伸ばして」

弘美がケタケタと下品に笑った。

「いえ、そ～んなに伸びてないと思いますが……住職とお話しすると、凄く心が洗われる気分になるんです。でももうお寺には通っていません。バイト始めたから忙しくなりましたし」

「吐きなさい」

肩を抱かれ、耳元でささやかれた。プ～ンと酒臭い息が鼻にかかる。もうどこかで浴びるほど呑(の)んで来たのだろうか。

「な、何をですか？」

「好きなんでしょう」

ドキンっと心臓が高鳴った。妙に耳たぶが熱いのは、酒のせいだけではあるまい。

「それとも、あたしの知らないところで二人はすでにつき合ってるのかな～?」

「いっ、いえ! 決してそんなことないっす」

否定の言葉が大き過ぎたのかもしれない。他のお客さんや、マスターがこちらを振り向いた。

――ヤバイ、注目されてしまった。先ほどまでの会話も聞かれていたのか。

「あの……もう少し小さな声で話しませんか?」

「大きな声でしゃべってるのは美咲ちゃんじゃない」

弘美がわざとらしく瞠目(どうもく)してみせた。

「つき合いたいんでしょう?」

ささやき声に戻った。美咲は肯定も否定もしなかった。

「美咲ちゃん。講中になったら?」

「講中って、あのお会式をやる集団ですか」

「お会式だけやってるわけじゃないけどね。心睦会の取持ち寺は本妙院だし、会長は藤乃屋の太田さんよ。こんなにも環境が整っていたら、もうなるっきゃないじゃないの」

尊にとって、待ちに待った夏休みが目前に迫っていた。

これでもうクラスの連中の顔を見なくても済む。

七月に入ってから、石川が再びすり寄って来た。美濃部グループに誘われたものの、どうにも性に合わないらしい。グループ内でぽつんと孤立している石川を何度も見かけた。セレブの子ども臭をプンプン漂わせている美濃部やその取り巻きと、下町の悪ガキ石川では、そもそも生きる世界が違う。

去る者は追わず、来る者は拒まずが信条の尊は、石川を快く受け入れた。しかし、石川が真の友となることはなかった。尊にとっての親友は裕也だけだ。生まれた場所も、生い立ちもまるで違うのに、裕也とはまるで双子の兄弟のようにわかり合えた。

裕也と一緒にいるだけで楽しかった。だから夏休みになれば、毎日裕也と飽きるまで遊ぶことができると胸を躍(おど)らせた。

裕也の家は、工事屋さんだ。川を埋め立てたり、橋を造ったりするらしい。おとうさんには、一度だけ会ったことがある。腕が一升瓶のように太く、ガラガラ声でしゃべる人だった。大きな掌(てのひら)で尊の髪の毛をぐしゃぐしゃと搔(か)き回し「裕也と仲良くしてくれて、ありがとな」と礼を言われた。

おかあさんは、若くて綺麗な人だった。尊が来ると、ジュースや甘いお菓子を出してくれた。おとうさんとは対照的に優しい声音で、歌うようにしゃべった。自分の母親もこんな人だったら良かったのにと思った。

「おかあさん、美人じゃん」

裕也を小突くと、無表情で「しらねえ」と答えた。照れ隠しというより、母親のことは触れて欲しくないような空気を感じた。

一度、裕也の家のガレージで纏（まとい）というものを見せられたことがある。纏は大小二つあった。時代劇に出て来る火消しが持っているような道具だ。

「こっちのでかいのが大人用。持てないことはないけど、振るのは難しい」

裕也が自分の背たけほどある纏を気合と共に持ち上げ、尊に手渡そうとした。

「重いぞ、気をつけろ」

裕也が持てるのだから、自分も大丈夫だろうと思ったが甘かった。ずしりと重い心棒を取り損（そこ）ね、慌てて裕也が支えた。

「持ち方にコツがあるんだよ。まあ初めてだから仕方ねーさ」

ではこっちはどうだ、と裕也が小さいほうの纏を握る。尊に渡す前に曲芸のように、くるくると回した。心棒に巻かれた切れ込みのある布（後になって馬簾（ばれん）と呼ばれることを知った）がまるでプロペラのように回転した。

小さい纏は持っていられないほど重くはなかった。しかし、これを回すとなると、難しそうだ。試しに裕也がやったように、心棒のフックを握り、回そうとしたが、まるでうまくいかなかった。

「これ、中学生用だからな。さすがのお前でも振れないだろう」

「んなことねーよ」

もう一度トライした。纏がバランスを崩し、掌からすべり落ちようとする。裕也がすんでのところで受け止めた。

「危ないから、もうやめだ」

「もう一回」

むきになって懇願した。

「だったら講中になったらいいじゃん」

「コウジュウ？」

「講中になれば、纏の練習できるぜ。基本技に一年。自己流の技を編み出すのに、もう一年くらいかかるって言われてるんだ」

「お前はいつからやってるの？」

「去年からかな。去年はまだ小さかったから、纏が重過ぎてうまく回せなかった。でも、ちょっとは回せたから、お会式に出させてもらえたんだ」

お会式というのは、確か秋にある大きなお祭りのことだ。

「お会式の万灯行列は凄いんだぜ。万灯が一番目立つけど、纏だって負けてねえ。纏回すやつが一番カッコいいんだ」

「お祭りでこれを回すのか？」

「おお。去年なんか三十万人、人が来たんだぜ。その中を講中のみんなで練り歩くんだ」

「三十万人!?」

どれだけの数かイメージできないが、おそらく小学校の全校生徒の何百倍もの人数だろう。そんな大勢の人たちの中を、纏を振りながら行進するというのか。

「やってみてえ」

「なら俺、とうさんに頼んでみるよ」

終業式の前日。裕也が尊に「とうさんに話したらＯＫしてくれた」と報告しに来た。「やった！」とガッツポーズを作ったものの、裕也の表情はなぜか暗い。何か問題でもあるのか質すと「親と一緒じゃないとダメなんだ」と答えた。

「親って、俺、親いねえし」

「だから、伯母さんが親になるんだろう。大丈夫か？」

裕也は伯母さんの性格を理解していた。伯母さんが講中や万灯行列に興味を示すはずがない。

池上に住んでいながら、池上が大嫌いな人なのだ。

「どうして大人と一緒じゃないといけねーんだよ！」

椅子を蹴って怒鳴り散らした。白鳥たち女子グループがこちらを振り向き、眉をひそめる。

「しょうがないじゃん。俺らまだガキなんだから」

裕也がボソリと言う。

「大人と一緒じゃないと、何もできねーし。とにかく伯母さんか、それとも伯父さんに頼んでみろよ」

尊がくちびるを引き締め、こくりとうなずいた。

「伯父さんに頼んでみるよ」

八　講中

子どもたちが夏休みに入ったばかりのある朝、美咲がベランダで洗濯物を干していると、いつものように妖精のおばあちゃんが下の通りを歩いて来るのが見えた。

妖精のおばあちゃんは「ごきげんよう」と挨拶するなり、バランスを崩し、その場でひっくり返った。

「大丈夫ですか？」

よたよたと立ち上がったが、足元がおぼつかない。通行人がそんな老婦人を心配そうに見ていたが、皆急いでいるのか、手を貸そうとする者はいなかった。

「待っててください」

部屋に戻ると、鍵を手に玄関を出た。通りの向こうにいる老婦人は、すでに歩き始めていた。

「どちらに行かれるのですか？　お山ですか？　なら一緒に行きましょう」

老婦人の腕を取った。

「まあ、すみませんね。でもお時間、大丈夫なのかしら」

「はい。今日は仕事、休みですから」

腕を支え、歩きながら、初めて妖精のおばあちゃんと会話らしき会話をした。本名は田中久恵。夫とは数年前に死別し、娘が二人いてそれぞれ北海道と大阪に住んでいるという。

「孫は三人いるけど、遠いからなかなか会いに来ないわね。それにお舅さんやお姑さんもいい年で、病気がちみたいだから、娘たちもなかなか遠出できなくてね。でもまあ、嫁にやったんだし、それも仕方ないって思うけど」

理路整然と話す久恵を見て、妖精のおばあちゃんなどとあだ名をつけたのを申し訳なく思った。毎朝「ごきげんよう」と「今日もいいお天気ね」と「絶好のお洗濯日和だわ」しか言わないので、てっきり認知能力が衰えた人なのかと思っていた。

久恵がお山に続く参道を通らず、霊山橋を渡るとすぐ右に折れようとするのを見て、内心ホッとした。弘美に早見住職との仲をからかわれてから、本妙院の前を通ることは控えている。お坊さんに色目を使う外から来た女、と見られるのが怖かった。それに、住職が自分を女性として好いてくれているという確信もなかった。大乗仏教とは、多くの人々を救済するための流派。毎朝お山に参拝に向かう悩み多き女に、親切心から話しかけてくれるだけかもしれない。それに、仮に住職が好意を寄せているとしても、自分のすべてを知ったら、退いていくかもしれない。男とうまくいったことなど、未だかつて一度もないのだから……。

と、こんな具合に、ぐちぐち悩んでいたら、もう早見住職と顔を合わせられなくなった。弘美に講に入るよう誘われたが、これも断るつもりでいた。

久恵は呑川沿いを池上通りの方向へ歩いていく。

「どちらのお寺に行かれるのですか?」

「お寺に行くんじゃないのよ」

大本山、池上本門寺の周りには朗師講と呼ばれる二十三のお寺がある。呑川沿いに現れたのは、日朗聖人の庵室として開創された照栄院。久恵は山門を一瞥すると、さらに真っ直ぐ進んだ。

次に現れたのは、開放的な養源寺。餅つきや盆踊り、子どもフェスティバルなど年間を通して様々なイベントを行っている。併設されているカフェがとてもおしゃれで、美咲も何度か立ち寄ったことがあった。

養源寺カフェの前を通り過ぎると、次に見えて来るのが妙雲寺。日光東照宮にあるような「見ざる、聞かざる、言わざる」の三猿が浮彫りされていることで有名だ。

妙雲寺の脇にはめぐみ坂と呼ばれる急坂があり、ここを登ると本門寺に出るが、久恵は大通りのほうへ歩を進めようとする。お山を迂回し、どこかに行くつもりだ。

——またあそこに行くつもりなの?

左に見えるのは本門寺公園だ。例のほぼ直角に折れ曲がった松の木がある。弁天池の脇から公園に入ると、坂を登り、松林にたどり着いた。

久恵は曲がった幹の松の前で手を合わせ、何やらブツブツとおまじないを唱え始めた。日蓮宗は「南無妙法蓮華経」がお題目だが、「えいやっ!」とか「かしこしかしこし」などと奉唱している。

やっぱりこの人の頭は正常に機能していないのかと、背筋が冷たくなった。

しかし、ほどなく不思議なことが起きた。久恵と同世代と思われる老婦人がどこからともなくやって来て、同じように曲がった松の前で合掌を始めたのだ。そして、次に現れたのは杖をついたおじいさん。松の木に向かい「南無妙法蓮華経」と唱えている。

三人三様に祈っている老人たちを、美咲は呆気にとられたように見ていた。


夏休みに入ると、尊は毎日裕也と遊んだ。

サイクリングをしたりサッカーをしたり、プールに行ったり。卓球にもはまった。

裕也の家のガレージにあった古い卓球台を引っ張り出して来て、生まれて初めてラケットを握った。最初は卓球なんて、と馬鹿にしていたが、これがどうしてなかなか難しい。力任せに振れば、球は明後日の方向へ飛んで行くし、慎重にやればたちまちもの凄いスピードで打ち返されてしまう。おまけに裕也は、カット打ちもして来るので、打ち返すのに苦労した。普通に打ち返せば、球は即座にラケットからこぼれ落ちてしまう。

「サッカーじゃ負けるけど、卓球は俺の勝ちだな」

ニヤリと口角を上げ、裕也が言う。悔しいがその通りだ。

湿気のこもったガレージの中でラケットを振っていると、すぐ汗だくになるので、卓球の後は御嶽山にあるプールに行った。小遣いなどないも同然だった尊の料金は、毎回裕也が払ってくれた。

しかしさすがに三度目にもなると「俺、金ないから」と渋った。裕也は「一緒じゃなきゃ、楽しくないだろう」と尊の腕を引っ張った。

「小遣いたっぷり貰ってるから心配するな」

自慢するわけでもなく、さらりと言ってのける。

おとうさんが工事会社の社長をやっているから金持ちなのだろう。大人から見放された自分とは違って、両親に愛されている裕也が羨ましかった。

しばらく見ないうちに、裕也の綺麗なおかあさんのお腹は随分と大きくなっていた。きっともうすぐ弟か妹ができるのだ。「兄弟ができて嬉しいだろう」と小突くと、裕也は「別に」と仏頂面で答えた。

ある日、プールに行くため駅に向かっていると、前方から女子のグループが歩いて来るのが見えた。

白鳥だ。
四、五人の女子と一緒にいたが、クラスの子ではない。
「エレクトーンだよ」

裕也が耳元でささやいた。

「白鳥は夏休みのエレクトーン教室に通ってるんだよ」

「何でそんなことを知ってる？」

「従姉が同じ教室にいるから」

普段は子分の女子を従え、自信たっぷりに歩いている白鳥が、なんだか元気がなかった。俯(うつむ)いたまま、最後尾を独りポツンと歩き、時折グループの女の子が後ろを振り返って心配そうに顔を覗き込んだりしている。目の前を通り過ぎても、白鳥は尊たちにはまったく気づかなかった。

「あいつ、劣等生なんだよ」

裕也がつぶやいた。

「従姉が言ってたんだ。エレクトーンがクラスで一番下手で、ちっとも進歩しないからもう先生も構わなくなったって」

意外だった。あの完全無欠で何でもできそうな白鳥に、そんな弱点があったとは。

「あいつ、音楽は苦手だったぜ。歌なんか無茶苦茶オンチだし。知ってただろう」

「知らねえ」

音楽の時間は半分眠っているから、まったく気づかなかった。

「あいつのママ、すっごく厳しいらしいから、音楽の成績上げるために、無理やりエレクトーン教室に入れられたみたいなんだ。本人はやめたがってるけど、やめさせてもらえねえって」

いい気味だと思った。これで白鳥も、虐(しいた)げられている人間の気持ちがわかるようになるだろう。振り返ると、いつもはピンと伸びている白鳥の背筋が、随分と丸くなっていた。

　夏休みも半ばを過ぎた頃、裕也に「講中の件どうなってる？」と訊かれた。

「そろそろお会式の練習が始まるぜ。まだ伯父さんに話してねーのか？」

「そうだったな」

「忘れんなよ。纏、振りてえだろ」

「おう」と答えたものの、どうやって伯父さんに切り出していいものやら、考えあぐねていた。

　東神奈川に母親と住んでいた頃、頻繁にアパートを訪れ、父親代わりのようなことをしてくれた伯父さんとは、近頃まともに会話を交わす機会すらない。夜遅くに帰って来るし、朝は尊や舞よりも早く家を出る。こんな毎日だから、週末は昼近くまで寝ているか、休日出勤して疲れた顔で帰って来る。

　ある日の晩、トイレに立つためベッドから起きて廊下を歩いていると、リビングから明かりが漏れていることに気づいた。扉の隙間から見えたのは、ネクタイを緩めた伯父さんとパジャマ姿の伯母さんだった。

　脂ぎった顔の伯父さんが缶ビール片手に、とつとつと何か語っている。聞き役に徹している伯母さんの表情はいつになく暗い。

「それじゃ、夏のボーナスは出ないってことなの？」

伯母さんが尖った声で質した。

「出ないってことはないよ。ただし、去年に比べればかなり下がるだろうが」

伯父さんが不味そうにビールを飲んだ。

「かなり下がるって、どのくらいなの。困るわよ。舞の塾の授業料や、マンションの管理費も値上がりしたばかりなのよ」

「わかってるよ……」

「電気やガスの料金だって上がってるんだから。納豆やインスタントコーヒーも上がったし、あなたが今飲んでるビールだって――」

「わかってるって！」

伯父さんが、缶ビールをテーブルに叩きつけるように置いた。これほど苛立った声を上げる伯父さんを見るのは初めてだった。

しばらく沈黙が続いた後、伯母さんが「会社、大丈夫なの？」と訊いた。伯父さんは空き缶を握りつぶし、フーと息を吐いた。

「先行きは不透明だな。談合がバレて役員が総辞職したし、社員の意気も下がってる。新規の案件も頭打ちだし。何よりも熟練工が不足してるからな」

「どうするのよ。マンションのローンだって残ってるのに」

「ローンのほうは何とかするよ」

「仕事、変えたほうがいいんじゃない？」

「五年前だったら考えただろうさ。だけど、俺も今年で四十だからな。転職したら今の水準の給与を維持できるかわからんぞ」

　伯母さんが大きなため息をつく。

「こんな時期なのにあの子、よく食べるし。どんどん大きくなるから、服もすぐに着られなくなるし――」

「またその話か」

　どうやら自分のことが話題に上っているらしい。今すぐにでもその場を離れたかったが、好奇心が勝った。いったい伯父さんは、本音では俺のことをどう思っているんだ。

「詠美（えいみ）さんから連絡はないの？　息子をお兄さんに預けて、どこかに逃げちゃうなんて、あまりにも無責任よ。何であなたが甥っ子の面倒を見なければいけないのよ」

「放っておけないだろう。身内なんだから」

「身内だからって、面倒を見なきゃいけない義理なんてないじゃない」

「そうかもしれないけどさあ」

「いったいいつまでここに置いておくつもりなの？　中学？　高校？　今は舞も小さいからいいけど、あと数年経ったら相部屋なんて嫌って言い出すわよ。女の子なんだから。うちに余分な部屋なんかないし、どうするつもり？　引っ越すの？　あの子のためにもっと大きな家に？　会社は傾いているし、ローンもまだ残っているのにそんな余裕があるの？」

「……」

伯父さんは答えなかった。尊はおしっこを我慢して部屋に戻ると、ベッドの中でうずくまった。

「めんどくせ」

尊が答えると、裕也がややムッとした顔で振り向いた。

活動的な二人にしてはめずらしく、その日はクーラーの利いた裕也の部屋でゲームをしていた。外の気温は三十五度を超えている。ゲームが一段落すると「講中のこと、伯父さんに話したか」と訊かれたので、尊は「めんどくせ」と投げやりに答えたのだった。

「ダメだって言われたのか？」

「言われてねえよ」

「話はしたんだろう」

「してねえ」

伯父さんも伯母さんのように、自分のことをお荷物だと思っているのではないかと先日の晩以来思うようになった。そんな伯父さんに講中のことなど持ち出しても、果たして許可してくれるのか。

「やっぱ、伯父さんも賛成してくれそうにねえのか……」

裕也が尊の顔色を窺い（うかが）ながら尋ねた。尊は答えず、俯いてゲーム機をいじっていた。

「だったらさ、お前だけでも講に入っちゃえばいいんだよ」

顔を上げた。子どもだけで講に入ることはできないのではなかったか？

「だからさ、えっと、何だっけ……きせい？　いや、きせ？　そう！　着せ事実を作っちまえばいいんだよ」

「キセジジツってナンだ？」

「お仕着せの事実を作っちゃうってことだよ。俺と一緒に纏の練習して、万灯の衣装も着れば、どっからどう見ても講中の一員だろ。大人の会員たちもお前のこと、仲間だと思うぜ。そうすりゃ伯父さんだって認めてくれるんじゃね？」

ちょっと待ってろ、と言うなり裕也がクローゼットの中をがさごそやり出した。

「あったあった。これだ」

裕也が引っ張り出したのは、真っ白な上下の装束だった。

「これ着てみろよ。万灯する時のやつだから」

Ｔシャツの上から、チョッキのようなものを着た。腹掛（はらがけ）と呼ぶらしい。左右についた肩紐（かたひも）を交差させ、輪っかを作り、そこに首を入れた。次に左右の腕を肩紐の間から通し、最後に腰紐を背中で交差させ、腹の前で結んだ。よく覚えておかないと、二度目に着る時迷いそうだ。

「じゃあ、次はこれだ。ズボンを脱げ」

裕也が掲げたのは、おじいさんが穿（は）く、股引（ももひき）のようなものだった。正直、カッコ悪いと思ったが、断るわけにはいかない。

穿いていたハーフパンツを脱ぎ、股引に足を通した。

「おいこれ、ケツが丸見えじゃないか」

思わず声が漏れた。前はともかく、臀部（でんぶ）に布はない。

「その紐を握って、左に回すんだよ」

また紐かよと思いつつ、言われた通り、左右の腰紐を結ぶとちゃんと尻が隠れた。

「昔の衣装だから、ボタンとかチャックがないんだよ。だけどこれ、結構カッコいいだろう？」

ドレッサーの前に立ち、全身を映してみた。裕也の言うように、なかなかキマッている。白装束なので何だか板前さんのようだ。

「板前さんじゃねーよ。鳶の装束って、とうさんが言ってた」

トビ？　鳥のことか？　白い服を着た鳥がいるのか？

「本番は、そんなTシャツじゃなくて、鯉口シャツを着るんだ。あと地下足袋も履いてな」

裕也がもう一組の装束を取り出し、着替え始めた。白ではなく藍染の腹掛と股引だ。その下には、白地に青い桜模様をあしらった七分袖のシャツを着込んでいる。これが鯉口というものらしい。

地下足袋を履き終えると、裕也が尊を押しのけ、ドレッサーの前に立った。

「どう？　俺、カッコいいだろう」

確かにカッコいい。こういう格好の人が、高い足場の上を、軽快に歩いているのを見たことがある。そうか。鳥のことではなく、あの人たちが鳶と呼ばれているのか。

「俺、とうさんに頼んでお前用の鯉口と地下足袋、買ってもらうよ」

「いいのかよ」

「大丈夫だって。それよりせっかくこういう格好してるんだから、少し練習しようぜ」

裕也がガレージから纏を持って来た。猛暑日だから、冷房のないガレージで練習したら、脱水症状を起こしてしまう。

「まず、こう持つんだ。知ってるよな」

裕也が右手で纏の下部、石突きの部分を握り、左手で心棒を握った。股を大きく広げると、器用に纏をくるくる回す。「やってみろ」と言われたので、纏を手に取った。

「違う違う。こう握るんだよ」

裕也が纏を奪い、手本を見せた。

「脇を開けちゃダメだ。前に体重を乗せて、足の真上で回すんだ」

裕也はなかなか厳しい。ずっしりと重い纏は扱うのが大変だ。いとも簡単に回している裕也が眩(まぶ)しかった。

ふと見下ろすと、カーペットのあちこちに細かな染みが飛び散っていた。湿気のこもったガレージで卓球をやっていた時より、汗を掻(か)いている。

「ちょっと……休憩」

纏をベッドの上に放り投げ、その場に腰を下ろした。

「おい。もっと丁寧に扱え」

裕也がいつになく、怖い顔で尊に詰め寄った。

「纏は神聖な道具なんだ。粗末に扱うな」

先生のように叱るので、思わず「ごめんなさい」と答えた。

「よし。少し休んだらまた始めっぞ」

「わかった」

纏振りは、決してお遊びではないのだ。裕也の真剣な眼差しを見てよくわかった。それから一時間ほど練習すると、随分ましになって来たが、まだまだ裕也のレベルには程遠かった。身体系のタスクに関しては飲み込みが早いほうだと自負していた尊は、正直へこんだ。

「俺だって最初はまるっきりダメだったさ。そもそも中学生用だもんな。重すぎるし、無理だって泣きついたら、無理だと思うから無理なんだってとうさんにケツ叩かれて。半べそ掻きながらやってたら、いつの間にかできてた。だから焦るなって」

練習を再開しようと思っていた矢先、おばさんがジュースと水ようかんを持って部屋に入って来た。裕也がぶっきらぼうに「そこに置いといて」と、散らかった勉強机に顎をしゃくった。

「今日は纏の練習をしてるの？　大変ね。重いんでしょう」

「重いけど、慣れてくれば大丈夫です」

尊が胸を張った。

「じゃあ始めるから」

裕也が言うと、おばさんは笑顔を残して部屋から出て行った。

太田さんから講中の話が出た時、弘美だなと美咲は直感した。

「でも、わたし外部の人間ですし、代々家は本妙院の檀家だったみたいですが、わたし自身は日蓮宗とかよく知らないし……」

「知らなくったって構わないんだよ。無宗教の人だって、別の宗派に属する人だって会員なんだから」

「えっ？　そうなんですか」

普段は南無阿弥陀仏と唱えている人が、日蓮宗の講中にいるというのか。にわかに信じがたかった。

「うちはエブリバディＯＫなところだからね。ぶっちゃけ、講に入ってもお会式に参加義務はないんだよ。仕事が忙しかったり、試験と重なったりしたら強制はできないし」

「そうなんですか……」

固い絆（きずな）で結ばれ、行事にはすべて強制参加のようなイメージを持っていたが、どうやら案外緩（ゆる）い組織らしい。

「無理にとは言わないけど、弘美ちゃんにも美咲ちゃんを口説いてくれと言われたしね。昔からの地縁で固まっているより、一般の人にもどんどん入会して欲しいし。なにせ池上線沿線に住んでるのに、お会式を知らない連中がどんどん増えてるって聞くから」

その日の晩、美咲が家でくつろいでいると携帯が鳴った。画面を見ると弘美からだった。

「とみん家、にいるから今から出て来なさい」

電話に出るなり、命令された。携帯の奥から喧騒が聞こえて来る。時計を見ると、九時を回ったところだ。スウェット姿だし、歯もすでに磨いた。

「悪いけど、今日は疲れてるから」

「疲れてるって、若者が何言ってるのよ。まだ二十代でしょう」

「でも……」

明日朝早く仕事がある。

「仕事だったら、あたしも八時半からあるよ。つべこべ言ってないで来なさい」

もう随分酒が回っているのだろう。弘美がいったんこうなってしまったら、断るのは至難の業(わざ)だ。それに、家からしょんべん横丁なら、歩いてたった二分の距離である。

「それからちゃんとメイクして来なさいよ」

「メイク？」

「そうよ。夜の街に繰り出すんだから、当たり前でしょう。夜メイクして来なさい。美咲ちゃん、結構無頓着(むとんちゃく)だから。いつも薄いファンデとリップしか塗ってないでしょう」

確かにメイクにこだわってはいなかった。前の会社では男と一緒に営業をやっていたので、極力控え目の化粧をしていた。くず餅屋さんのバイトが、濃いメイクをしていたら客が変に思うだろうから、今は毎日ほぼスッピンで仕事をしている。

「美咲ちゃん、あんた結構可愛いのに、きちんとしなけりゃもったいないわよ。待ってるからね」

ブツリと電話が切れた。

夜メイクをしろと言われたので、仕方なく、普段は使わないアイテムを引き出しの奥から取り出した。ベースメイクの後はハイライトで陰影を与え、偏光ラメの入ったアイシャドウを塗り、アイラインとマスカラで目の縁を引き締める。

実はメイクが苦手なわけではなかった。なぜ稀(まれ)にしかフルメイクをしないかといえば、メイクした自分がまるで別人のように見え、好きになれないからだ。

「どっかのニューハーフの人に間違われないかなあ」

鏡を見ながら独りごちた。再び弘美から電話がかかって来たので、バッグを片手に慌ててマンションを出た。

とみん家のカウンターはすでに満席だった。美咲が入って行くと、奥の席にいた弘美が立ち上がり、こちらに向かって手招きした。弘美の隣の席には、若い男性がいた。ポロシャツにジーンズ。キャップを被り、べっこう縁の眼鏡をかけている。弘美の彼氏だろうか。

「今、ちょうど美咲ちゃんの話をしていたところなのよ」

男がキャップを取り、スキンヘッドの頭を下げた。

「早見住職！」

思わず声を上げてしまった。目の前にいる普通の若者然とした男性が、お坊さんだなんて。

「ジ、ジーンズとかも穿いたりするんですか？」

「それは穿きますよ。いつも法衣や作務衣(さむえ)ばかり着ているわけじゃないですから。スーツだって持ってます」

スーツ姿の住職を想像してみた。案外似合うかもしれない。

ゆったりとした法衣からは想像がつかなかったが、早見住職は案外筋肉質だ。細マッチョというのだろうか。腰は細いが肩幅があり、二の腕が逞(たくま)しい。前腕に浮き出た血管に一瞬ドキリとした。

「眼鏡もお似合いですね」

「普段はコンタクトですが、夜は疲れるので眼鏡にしています」

弘美が美咲と住職の肩を抱き、ぐいっと引き寄せた。

「さてと、あたしは檀家参りに行って来るから。美咲ちゃんはここに残ってなさい」

「えっ？　だって……」

「いいから。じゃね」

手を振り、さっさと出て行ってしまった。カウンターの奥で、長い髪をポニーテールにした
マスターが、クスクスと笑っている。

「何を飲まれますか」

「住職は、何を飲まれてるんですか」

住職の前には白い液体の入ったグラスがあった。

「カルピスサワーです」

随分可愛らしいお酒を飲むものだと自然に口元がほころんだ。

「じゃあ、わたしも同じもので」

マスターが意味深な笑顔で、サワーをカウンターに置いた。

「わたしのことより、美咲さんも何だか普段とは違いますね」

「そうですか?」

メイクはばっちりしたものの、服装はいつものジーンズとシャツブラウスだ。

「お綺麗ですよ」

「ありがとうございます」

「いえ、語弊がありましたね。普段から綺麗ですが、今晩はいつもと違った綺麗さがあるとい

うか……」

しどろもどろになっている住職を見て、この人も普通の若い男と変わらないんだと思った。

「お酒、よく飲まれるんですか」

「飲みますよ。たまにこういう店にも来ます。地域の人たちとの交流は大事ですから。しばらくお目にかかれませんでしたね。お元気でしたか」

「元気です。バイトを始めたので、なかなかお墓参りもできなくなりましたけど」

「確か、藤乃屋さんですよね」

「ええ」

「わたしも藤乃屋さんとはご縁があるんですよ」

「心睦会ですよね」

「そうです。よくご存じですね」

「講中に誘われましたから」

「そうだったんですか」

「でも、あたし、今いち講中ってよくわからないんです。お会式の時万灯行列をするのは知ってますが。そもそも何で万灯行列なんかするんですか」

「それはですね――」

住職が説明を始めた。

講中は、講を作って寺社に参詣する人々のこと。講は江戸時代からの檀家集団であるという。だから取持ち寺があり、担当の僧侶がいる。この講が万灯参詣を行う万灯結社の前身で、心睦会も万灯結社に含まれる。

「ということは、そもそもわたしも心睦会の講中であるってことですか？」

「そうとも言えますね」

講と呼ばれる檀家集団が、万灯参詣を始めた。池上の万灯参詣は、日蓮聖人の忌日の前日（逮夜）に行われる。

「お会式というのは、日蓮聖人に会える式典という意味です」

逮夜に巨大な万灯を掲げ、威勢よく纏を振りながら、太鼓と笛に合わせ練り歩くのがお会式の醍醐味だ。

「聖人の死を悼むというより、日蓮聖人が教えられたように、元気に法華経を実践しておりますよ、こんなに威勢よく、お題目を唱えていますよ、という思いが込められているんです」

「講中の人たちは、日蓮宗の信徒だけではないと聞きましたが」

「昔は信徒中心でしたが、現在ではいろいろあるようですよ。万灯同好会や祭礼同好会のような、いわゆるお祭り好きな人たちも万灯結社を名乗ってますからね。心睦会も多様な人たちを受け入れているのでしょう」

「心睦会は万灯参詣だけを行っているわけではないのでしょう」

「そうですね。心睦会の結成は、わたしの祖父の代ですから、昭和二十年頃でしょうか。戦後間もない、住宅も食料も仕事もないという時代。町を明るく元気づけ、復興させるために、男衆が集まって結成されたと聞きます。その一環として、戦時中は途絶えていた万灯参詣を復活させたいと考えたのです。現在では町会組織と連携して防災訓練や神社例祭、ＰＴＡ活動や夜警なども行っていますよ」

「へ〜え。頼れる地域の味方みたいな組織なんですね」

「昔は男性しかいなかったようですが、今では女性やお子さんの講中もいらっしゃいますよ。よろしかったら美咲さんも是非ご参加ください」


翌日藤乃屋の太田さん夫妻に、万灯行列は素人でもできるのかと質問した。

「鉦（かね）やうちわ太鼓ならそんなに難しくないわよ。笛や纏振りはそれなりの技術が必要になるけど。そうそう。美咲ちゃんのご近所の尊くんが今、必死になって纏の練習してるって。裕也くんと一緒に」

「尊くんが？　あの子も講中なんですか？」

「いや、まだなんだよ」

太田さんのご主人が、複雑な表情をした。

「まだ小学三年だからな。保護者同伴じゃないと受け入れることはできないんだ」

保護者同伴？　あのお会式大嫌いで、人を見下したような紺野美弥子が、果たして同伴などするだろうか。

「あたし、講中になります」

太田夫妻が同時に振り向いた。

「そうかい！　こちらとしては大歓迎だよ。夏が過ぎたらすぐにお会式のシーズンだからね」

「そうそう。若い女の子がいてくれると華やいでいいわ。よろしくね。美咲ちゃん」

太田夫妻にギュッと手を握られた。二人とも美咲がバイトの応募に来た時よりも嬉しそうな顔をしていた。

九　大人なんか嫌いだ

夏休みも終わりに近づき、尊の纏(まとい)の腕も随分上がった。

一度、心睦会の講中の前で、纏振りを披露したことがある。本妙院という小学校のすぐ隣にある小さなお寺の境内でのことだった。

集まった講中の人たちは、一目で伯父さんや伯母さんとは違ったタイプの大人だということがわかった。皆日焼けして逞しい。空調の効いたオフィスでデータ入力をしているような人たちではなく、夏の暑さにもめげず、穴を掘ったり、鉄骨を組み立てている人たちに違いない。対照的に本妙院のお坊さんは細身で、なんだか学者のように見えた。

幼い尊が纏を振っても、大人たちは一切お世辞を言わなかった。そればかりか、手首の返しが甘いとか、腰が入ってないとか、いろいろ注文をつけて来る。

「しょうがないよ。だって今月から始めたばかりなんだから」

裕也がフォローすると、やっと大人たちの表情から険しさが消えた。

「そうか。まだ一ヶ月経ってないのか」

「そいつぁ、すげーな。いくつなんだい坊主」

九歳と答えると、皆が目を丸くした。

「裕也と同じか。裕也も大きいが、きみも大きいな。近頃の小学生は、どんだけデカいんだ」

「裕也と同じってことは小三か。小三でここまでできるなら大したモンだ。それって、中学生用の纏だからな」

大人たちが打って変わって相好を崩した。裕也が「やったな」と尊を小突く。

しかし、これだけで講中と認められるほど大人の世界は甘くはなかった。翌日裕也の家に行くなり「やっぱり親と一緒じゃなきゃダメなんだって」と告げられた。

「別に講中になったからって、お会式に出なくてもいいんだ。伯母さんにはそう言えよ」

裕也が申し訳なさそうに助言した。

こうなったら、伯父さんを説得するしかない。

――伯父さんも俺のことをお荷物と考えてるかもしれないけど、中学を卒業したらとっとと出て行くから心配するな。講中の人たちに弟子入りして、鉄骨の組み立てや工事を教えてもらうんだ。そうすれば食べて行ける。だから、お会式に出るのを認めて欲しい。

話す機会は案外早くやって来た。夏休み最後の週末。伯母さんと舞は買い物に出かけて留守だった。

リビングでパジャマ姿のままテレビを観ていた伯父さんに近づき、話があると切り出した。

「何だい」

無精ヒゲを生やした顔がこちらを振り向く。久しぶりに間近で見る伯父さんは、随分と老けていた。目の下にたくさんの小じわが寄り、額も後退している。東神奈川の公園で一緒にサッカーやキャッチボールをしていた頃は、もっと溌溂としていたのに、今はくたびれた老人のようだ。

「実は俺、やりたいことがあるんだ」

お会式で纏を振りたいと訴えた。そのためには講に入る必要があるが、保護者同伴でなければ受け入れてくれない。

伯父さんは、テレビを消し、フンフンと尊の話に耳を傾けた。

「纏か。どれどれ――」

スマートフォンを取り出し、検索する。

「おお、これだな。火消しが持ってたやつだ。威勢がよさそうだな」

スマホ画面には、お会式の動画が映っていた。

「うん。そうだよ。これこれ」

尊が納戸（なんど）からモップを持って来て、伯父さんの前に掲げた。

「こんな感じで回すんだ」

黄色いモップ糸が、頭上でクルクル舞った。化学繊維でできたモップは纏に比べ、羽毛のように軽かった。

「本当は柄（え）のところが石突きっていって、刺股（さすまた）みたいになってるんだけど。そこを右手で持って左手で心棒を回すんだ」

纏に関するあらゆる知識を開陳（かいちん）した。初めはニコニコ聞いていた伯父さんの瞳が、いつしか潤み始めた。

「たっくん。学校は楽しいか？」

「う～ん。まあまあ」

心配はかけたくなかった。

「隣のクラスのやつと凄く仲がいいんだ。裕也っていうんだけど、俺と同じくらい大きくて、話も合って。裕也が講中に誘ってくれたんだよ」

「そうか……。たっくん、ごめんな。伯父さん、近頃いろいろ忙しくて、構ってあげられなくて。たっくんの学校のこととか、まるで知らなかったし。でもよかったじゃないか。友だちができて」

「うん。裕也は親友だから、いつも一緒なんだ」

「そうか。昔はよくたっくんと一緒に遊んだけど、あの頃は伯父さんもまだ若かったからなあ。今は腰が痛くて、とてもじゃないが、前みたいに動けそうにない。たっくんはグンと背が伸びて大きくなったし、もう伯父さん、敵わないよ。子どもの成長は早いからなあ」

伯父さんが記憶を探るように遠い目をした。

「今は纏なのか。纏を振るのが楽しいんだな」

「うん。でも纏って凄く重いから、一人で回すことができるのは一分くらいなんだ。裕也を手伝ってやらなきゃいけないんだよ。二人で交互に回すんだ。だからお会式に出たいんだよ。だけど俺、まだ小学生だし、大人と一緒じゃなきゃダメなんだって」

「わかった」

伯父さんがうなずいた。

「じゃあ、心睦会に入ってくれるんだね」

「まあ、ちょっと待て。いろいろ調整しなきゃならんから。だが、大丈夫だ。心配するな」

今すぐにでもＯＫして欲しかったが、大人には大人の事情があることは理解していた。

「約束だよ」

「うん。約束だ」

お互いの拳骨を突き合わせ、男の契(ちぎ)りを結んだ。


尊が伯母さんからリビングに呼ばれたのは、月曜の朝のことだった。伯父さんはすでに出勤したらしく、家にはいなかった。

「あたしは許しませんからね」

パジャマ姿で尊が現れるなり、伯母さんが冷たく言い放った。

「お会式なんて出てる暇があったら、勉強しなさい。一学期の成績、覚えてるでしょう。あんなんじゃダメよ。舞を見なさい。毎日きちんと宿題やってるし、予習復習もかかさないし。少しは見習いなさい」

朝食をとっていた舞が、こちらを振り向いた。尊と目が合うとすぐに逸らし、テレビの電源を入れる。舞、音を小さくしなさい、と伯母さんが命じた。

「パパが何と言おうが、あたしは反対ですからね」

家では伯母さんが一番偉いことは知っていた。とはいえ、男の約束で伯父さんが説得してくれるものと信じていたのに、裏切られた気分だった。

「ああいうことをやってる人たちと、つき合ってはダメよ」

偏見に満ちた目で、お会式のことを語り始める。タトゥを入れた大人たちが、喧嘩しながらお神輿を担ぐような、そんなイメージを伯母さんは持っているらしい。

「ああいう人たちとうちは、住む世界が違うんだから」

そんな人たちじゃないと弁明したが、まるで聞き入れてもらえなかった。反論すればするほど悪口はエスカレートし、ついに尊はブチギレた。自分のことならともかく、裕也のお父さんや仲間たちをこれ以上悪く言うのは許せない。

「俺、ぜってえお会式、出るから。伯母さんが何言おうが、関係ねーから!」

捨て台詞を残し、リビングを飛び出した。

「ちょっとたっくん、どこへ行くの」

玄関で靴を履くのをもたついているうちに、伯母さんが追って来た。

「どこに行くのか訊(き)いてるのよ。またあの子んち？　ダメよ」

つま先をトントンと打ちつけながら、玄関を開けた。早く伯母さんから解放されたかった。

「毎日毎日、入り浸(びた)ってるじゃない。伯母さん、あえて何も言わなかったけど、今日からはっきり言うことにするから。あんな子とつき合っちゃダメよ。あの子でしょう？　お会式とか纏のこと、あんたに吹き込んだのは」

扉が開いているため、伯母さんの声は外に筒抜(つつぬ)けだった。にも拘(かか)わらず、興奮した声はやまなかった。

「夏休みの宿題は終わったの？　あと数日しかないのよ。さあ、早く戻って取りかかりなさい。もう遊んでる暇なんかないでしょう」

「裕也と一緒にやるよ」

「ダメだって言ってるの。たっくん、待ちなさい！」

玄関を出ようとする時、外廊下をこちらに歩いて来る人影が見えた。

この間ダッシュで追いかけて来た、恐ろしく体力のある、あの若いおばさんだった。

道そ神は、本門寺通りにある小さなお寿司屋さんだ。

昭和の東京オリンピックの次の年にオープンしたというから、店の歴史は古い。五十になったばかりのイケメンの大将は、しょんべん横丁にあるスナック「理麻」のマダムの義理の息子さんだという。三十代のように若々しいのは、ワークアウトが趣味だからだろう。座敷部屋の床下に、鉄アレイが収納されているのが見える。お客が途絶えると、これでひたすら筋トレに励んでいるらしい。

美咲は店のカウンターで弘美を待っていた。勤め先の藤乃屋から道そ神までは徒歩で三十秒の距離だ。六時を回ったばかりの時刻。店に他の客はいない。

大将から昭和の時代の池上のことをいろいろ教わった。かつてこの界隈には、たくさんの一杯飲み屋が軒を連ね、その筋の人が跋扈していたらしい。お会式や盆踊りの的屋も、そういった人たちが仕切っていたという。

「暴対法ができるずっと以前の話だからねえ。昔はそういうのが当たり前だったんだよ」

そういえば、お山の墓地には指定暴力団の幹部やら、戦後最大の疑獄事件に関与した大物実業家のお墓などがある。

「大森四中も昔は荒れていたなあ」

大森四中はお山にある公立の中学校だ。商店街の人たちのほとんどが、四中の卒業生だった。

「窓ガラスなんかいつも割れてて、冬は本当に寒かったよ。気に入らない先生を卒業式の後に呼びつけてお礼参りをしたり、ともかく凄かった」

「ガラスを交換しなかったんですか」

「換えてもすぐに割られちゃうから。そのまま放置されてた。まあ悪ガキばかりだったからね。総門を入ったすぐのところで、対立グループ同士の抗争があったりしたよ」

「抗争って――?」

「集団で取っ組み合いの喧嘩してたんだよ」

総門を入ったところは、参道ではないのか。そんなところで乱闘などしていいわけがない。

「お坊さんに止められなかったんですか?」

「お坊さんも怖がってお寺の奥に引っ込んでたよ」

昭和の「ツッパリ」は、テレビドラマなどで観て知っていたが、まさか現実にそんなことが起きていたなんて、信じがたかった。自分は平成の平和な世の中に生まれて良かったと、心から思った。

「えらっしゃい!」

ガラガラと引き戸が開き、弘美が入って来た。弘美と会うのは、先日のとみん家以来だ。呼び出したくせに、早見住職と美咲二人だけを残し、自分はさっさと別の飲み屋へ行ってしまった。

「どう？　うまくいった？」

おしぼりで手を拭きながら弘美が尋ねた。

「うまくいったって、何がですか？」

「なにすっとぼけたこと言ってるのよ。早見住職とうまくいったか訊いてるんじゃないの」

「いえ――それは、ちょっと……」

大将が聴いている。素知らぬ振りをして酢飯をかき混ぜているが、耳をダンボにしているに違いない。

「何よ、今さら。大丈夫よ」

弘美が大将と目配せした。

「あんたたちのこと、この界隈で知らない人なんかいないんだから」

大将がクスクスと忍び笑いをした。

仕方なく、早見住職からお会式や心睦会の歴史について、いろいろ教わったことを話した。

「それだけ？」

「それだけです」

「色気ないわね～。まったく……」

弘美がため息をつく。

「で？　帰りはどうなったの？　家まで送ってもらった？」

「いえ。住職は翌朝四時から読経があるとかで、一人で帰られました」

「なんだか、中学生同士の恋愛みたい」

「しょうがないよ、弘美ちゃん。お坊さんは送り狼にはなれないだろう」

大将が口を挟む。

「美咲ちゃん。もしかして、男性経験ないの？」

「いえ、一応あります」

工作機器メーカーに勤めていた頃できた彼氏は、別の女の元に去って行った。美咲はがさつだからと捨て台詞を残して。

時々会うだけなら問題はない。頻繁(ひんぱん)にデートを重ねたり、一緒に住んだりすれば自分がいかにだらしない人間かバレてしまう。いびきは掻(か)くし、オナラはするし、部屋はいつも散らかり放題だし。こんな女なら男に逃げられても仕方ない。

「じゃあ、美咲ちゃんは結婚した後も旦那の前じゃ絶対オナラをしないわけ？」

弘美が目を丸くする。

「いえ、そういうわけじゃないですけど」

「初デートの日にオナラをするのはまずいけど、そのうち自然にやれるようになるよ。そうなったらその恋は本物だ」

大将が言った。

「それに今はいびき防止グッズだってあるし、整理整頓なんて小学生だってやってるわよ。そういう風に自分を卑下するのは逃げ。恋愛から逃げちゃダメよ。もっと前向きになりなさい」

身を縮めた。見透かされている。

「まあだけど、恋愛には人それぞれペースってものがあるからさ。あまり急かすのもよくないよ。弘美ちゃんが歯がゆいくらいが、彼らのペースなんだよ」

大将が助け舟を出す。

弘美がわざとらしく鼻を鳴らして、ビールを飲んだ。

次の日の朝、エレベーターに乗ろうとしていると、何やら言い争う声が廊下の向こうから聞こえて来た。尊と美弥子だ。尊が住戸から出て来た。「待ちなさい」と美弥子がその後を追う。世間体を気にする美弥子が、近所に丸聞こえも厭わず、声を荒らげている。

美弥子が尊の腕をぐいと摑んだ。「放せよ」と尊が腕を引く。

「どうしました」

美咲が二人の間に割って入った。

「いえ、何でもないのよ。さあたっくん。家に入るのよ」

「いやだ。裕也の家に行く」

「いい加減にしなさい！　ダメだって言ってるでしょう」

美弥子が再び尊の腕を引いた。

すぐ脇の扉が僅かに開き、こっそりとこちらの様子を窺っている人影が見えた。美弥子が振り向くや、扉はバタンと閉じた。

「さあ、ご近所にも迷惑だから」

「いやだ」

尊が腕を振りほどこうとする。

「何があったんですか。嫌がってるじゃないですか」

思わず声が上ずった。

「あなたには関係ないでしょう」

美弥子の眉も吊り上がる。

「いえ、関係あります。講中のことじゃないんですか」

尊が心睦会に入りたがっていることは知っていた。

「実はあたし、心睦会の講中になったんです」

ギョッとした顔で尊が美咲を見上げた。

「美弥子さんは尊くんが講中になるのは反対なんですよね？」

「ええ反対よ。お会式に出るから纏の練習をしたいだなんて。そんなことより、学業をきちんとしてもらわないと」

「学業をきちんとやりながら、纏の練習をすることは可能ですよ。やりたがっているんだから、認めてあげてはどうですか」

「子どもの講中って、父兄同伴が決まりなんでしょう。あたしも主人も、そんな暇ありませんから」

「名目上の講中で構わないんです。お会式は強制参加ではありません」

「尊だけ参加させるわけにはいかないわよ」

「ご心配ならわたしが責任を持って目配りしますから」

「あなたが？　あなたにそんなことをお願いする筋合いはございません。これ以上話しても無駄。さあ、尊――」

いつの間にやら尊の姿はなかった。ダンダンダンと非常階段を下る足音が聞こえてきた。

尊は裕也の家に急いでいた。時々後ろを振り向いたが、伯母さんもあのおせっかいな若いおばさんも追って来る気配はない。

若いおばさんが講中になったとは驚きだった。マンションの住人で、自分以外にも講中になりたがる人間がいたとは。

おばさんは、ピンポンダッシュの被害を受けていると勘違いしていたらしい。それが誤解だとわかるや、今度は妙に馴れ馴れしく擦り寄って来る。

何にせよウザい。

大人はみんなウザい。

あの若いおばさんも、わからず屋の伯母さんも、拳骨を突き合わせ、男の約束を交わしたのに裏切った伯父さんも、自分を捨てて蒸発したおかあさんも、全員ウザい。みんな嫌いだ。

朝早く訪ねて来た尊に裕也が目を丸くした。こんな早い時間に訪れたのは、初めてだった。

「纏の練習、するか？」

「なんか、今日はあんまやりたくない気分」

「どうしたんだよ」

「……」

裕也は取りあえず尊を勉強部屋に招き入れた。ベッドに並んで腰かけるなり「ちゃんと話せ」と裕也が迫った。

「講中のことだけどよ――」

ダメになった経緯を説明した。

「伯母さん、嫌なやつだな」

話し終えると、裕也がぼそりと言った。

「俺、もうあの家にいたくねえ」

尊はベッドにごろりと横たわり、天井を見上げた。

「どこか別のところに行く」

「どこかってどこだよ?」

「わかんね。ずっとずっと遠いところがいい」

「俺も一緒に行く」

「旅行じゃねえんだぞ。行ったら戻って来ねーんだぞ」

「いいよ」

「お前には綺麗で優しいおかあさんがいるだろう」

「優しくねーから」

「いつもニコニコお菓子とか出してくれるじゃんか」

「お菓子で釣られるなよ。家の外じゃニコニコだけど、中じゃニコニコなんかしてねーから。

俺なんか邪魔者扱いされてる」

「おかあさんと仲悪いのか？」

「本当の母親じゃねえし」

起き上がり、裕也の横顔をマジマジと見つめた。

「最初に家に来た時は、ニコニコしてたんだよ。仲良くしましょうね、とか言われたし。だけどすぐに笑わなくなった。なんか俺、嫌われてるんだ。何も悪いことしてねーのに、俺のこと乱暴だとか、陰でとうさんにチクッてるみたいだし」

「おとうさんはなんて言ってる？」

「何も。俺の性格知ってるし、お前は小さい頃の俺そっくりだ、とか言われてたから、別に叱られるとかはねえ。だけど、あの人が家に来てから、とうさんと遊んだり話したりすることがほとんどなくなった。晩飯終わると二人ですぐに部屋ン中閉じこもっちゃうし。俺だけ一人でポツンと居間のテレビ観てる」

「そうなのか……」

裕也の家庭が羨ましいと思っていたが、実態はこういうことだったのだ。

「本当のかあさんは、俺が年長組ン時、病気で死んだんだ。それからずっととうさんと二人きりだった。寂しかったけど、楽しかったよ。一緒に洗濯物畳んだり、ご飯作ったりしたし。だけど小二の終わりに、あのおばさんを家に連れて来て、今日からこの人がお前のおかあさんだって言われて。それから楽しくなくなった。とうさん、俺のことよりあの人のことのほうが大切みたいだから」

居間のほうから野太い笑い声と、甲高い笑い声が同時に聞こえてきた。

「赤ちゃんが生まれたら、俺、もっと邪魔者になるだろうな」

聞けば聞くほど裕也の境遇は自分と似ているような気がした。

「俺ももうこの家にいたくねえ」

裕也が立ち上がると、部屋の奥をガサゴソと漁り、ドッジボールを取り出した。ボールをパスしてきたのでキャッチし、すぐに裕也に投げ返した。

「どこに行くよ」

ボールを投げながら裕也が訊く。

「無人島とかどうだ?」

「どこに無人島があるんだ」

「どっかにあんだろう」

裕也はドッジボールを胸に抱いてしばらく考えていた。

「山はどうだ?」

「山？」

「俺、この間テレビで見たんだよ。山には空き家がいっぱいあるって。人口減ってるし、若い人はみんな都会に出るから、じいちゃんばあちゃんが死んじゃった山の家は、もう住む人がいなくなるって。で、今までは山のもっと上のほうにいた鹿やイノシシなんかが、空き家の近くまで下りて来るらしい。もう人間じゃなくて動物の縄張りになってるんだよ」

「動物の縄張りに住むのか？」

それも面白いかもしれない。わからず屋の大人より、鹿やイノシシと一緒に暮らす方が楽しそうだ。

「畑とか残ってるみたいだから、野菜は作れるし。肉が食べたくなったら鹿やイノシシがいるし」

「動物を殺すのは嫌だな」

「だったら川に行けばいいんだよ。川魚はうまいぜ。焚火で焼いて食ったりすると」

「ジャガイモを栽培するのもいいな。そうすりゃフライドポテトとか、食い放題だし」

「賛成」

「それに動物の縄張りだったら、人も近づかないだろうし。大人たちが捜しに来ることもねーし」

「けど、どこの山にする？」

「山なんかいっぱいあんだろう。日本は山だらけの国だって、学校で習ったじゃないか。少なくとも無人島より多いはずだぜ。だから行くなら、ぜってー山がいいって」

「そうだな。いい山が見つからなかったら、すぐ隣の山に行けばいいだけだもんな。楽勝じゃねーか」

話せば話すほど山の空き家への移住が現実味を帯びて来た。

「よし決まりだな。いつ行く？」

裕也が訊いた。

「今日」

早いほうがいいに決まっている。家出は夏休みのうちに行うのが定番だ。

「今日の午後だったら、伯父さん仕事だし、舞も伯母さんも外出するから、荷物まとめても誰にも見られない」

「そうだな。俺んところも、とうさんは昼から現場だし、あの人も午後には買い物に出かけるだろうから、行けそうだ。じゃあ三時でどうだ？」

待ち合わせ場所は池上図書館の前にした。

「お前とは死ぬまで一緒だからな」

「おう。俺たちの絆（きずな）は絶対だ」

二つの拳が重なり合った。

これから始まる冒険のことを思うと、胸が高鳴った。

どんな困難が待ち受けていようとも、裕也と一緒なら乗りきれるに違いない。

十　流転

意外にも早く帰ってきた尊に伯母さんは驚いた様子だった。時刻はまだ昼前だ。

「帰って来て正解よ。さあ夏休みの宿題に取りかかりなさい。もうすぐ学校が始まるんだから」

「わかった」

素直にうなずき、舞と共同で使っている子ども部屋に行った。舞はいつものように机に向かい、熱心に練習問題を解いている。尊も隣の席に座り、夏休みの宿題帳を開いた。

「ママ、なんか怖かったよね」

カリカリとエンピツを動かしていた手を休め、舞が言った。尊は答えず、問題を解いている振りをした。

「お会式に出たいの？」

「わかんね」

家出をしたら、もう一生纏を振ることはないだろう。

「ママ、お会式嫌いなんだよね。あたしは好きだけどな。いろんなお店が出て楽しいし」

「お前、なんで毎日勉強ばかりしてるの？」

前々から舞に訊きたかったことだ。今日で最後になるなら、是非とも訊いておきたかった。

「ママに、勉強しなさいって言われたから」

「勉強って面倒くさくね？」

「面倒くさい時もあるけど、楽しい時のほうが多いかな。百点取って先生やママに褒められると、やって良かったって思う」

「ふ〜ん」

自分は勉強しても百点を取れたためしがない。だから勉強が嫌いになった。

「あたし将来はお医者さんになりたいから。そのためにはいっぱい勉強しなくちゃいけないってママが言うから」

「お医者さんって、美容整形外科だろ」

「うん。杉山先生、知ってるでしょう」

テレビのバラエティ番組によく出て来る美人整形外科医だ。

「あたし、杉山先生みたいになりたいの」

美人だが、どう見ても作り物の顔をしていた。鼻はおでこから生えているし、日本人にしては目が大きすぎる。小さな顎は、刺さりそうなほど不自然に尖(とが)っていた。杉山先生のSNSには、ハリウッド女優さながらのドレス姿で、高級スポーツカーを運転する写真がアップされていたりする。

舞は杉山先生のようなセレブに憧れているようだが、自分はこれから山に引きこもり、鹿やイノシシと暮らすのだ。やはり舞とはわかり合えそうにない。

「ま、頑張れや」

「うん」

舞は再び練習問題に戻った。

昼食を食べ、しばらくすると、舞が塾に行く支度を整えた。伯母さんが車で送りついでにデパートで買い物をし、四時過ぎに授業を終えた舞をピックアップして、帰って来るのが定番だ。

「じゃあ、たっくん、行って来るから。午後もちゃんと宿題やるのよ。サボっちゃダメだからね」

舞と伯母さんが出て行ってしまうと、クローゼットの奥から昔母親に買ってもらったバックパックを取り出した。ちょっと小さいが、これしか適当な鞄(かばん)はない。着替えのパンツやシャツを入れると、バックパックはもういっぱいになった。

仕方ない。冬物は向こうで調達しよう。原始人みたいに毛皮を纏(まと)えばいいじゃないか。裕也には動物は殺したくないと言ったが、必要に迫られれば避けて通れない道だ。

パンパンに膨(ふく)らんだバックパックを背負った。衣類しか入ってないので、目いっぱい詰め込んでもランドセルよりは軽い。これならどんな険(けわ)しい山でも登れそうだ。

深呼吸して部屋の中を見回した。舞のピンク色のランドセルが、行儀よく椅子の背に納まっている。伯父さんにも伯母さんにも未練はなかったが、舞と別れるのはちょっぴり寂しい。半年間隣り合わせの机に座り、一緒のベッド（二段ベッド）で眠ったのだ。顔を合わせれば喧嘩ばかりしていたが、それも今ではいい思い出だった。

せめて舞にはメッセージを残しておこうか迷ったが、結局やめた。時計を見ると二時五十分。そろそろ出発の時刻だ。家を出て地下駐輪場へ下った。池上に越してから自転車に乗る機会はあまりなかったので、久しぶりにペダルを踏む。これから裕也と一緒に山までサイクリングだ。

家から池上図書館まで自転車なら三分とかからない。図書館に着いたのは、約束の時間の五分前だった。中庭の駐車場に自転車を止め、自販機でコーラのペットボトルを二本買った。裕也と自分の分だ。小遣いはほとんど残っていなかったが、貨幣など価値のない山奥に行くのだから、これが最後の散財と割りきった。

キャップを空け、ゴクゴクとコーラを飲んだ。今日もうだるほど暑い。一息ついて時間を確認する。三時ぴったり。図書館から小学生のグループが出て来て尊を一瞥すると、駅のほうへ散っていった。

陽の光が強いので、いったん屋内に避難することにした。館内はラストスパートで夏休みの宿題をこなす子どもたちで溢れている。自分はこれから、そんなものとは一切かかわらない世界に行くと思うと、えも言われぬ優越感が込み上げて来た。

遠くのほうからサイレンの音が聞こえて来た。

それにしても遅いな、裕也は……。

建物を出て、再び駐車場に向かった。図書館で待ち合わせと決めただけで、屋外か屋内かは特定していない。裕也も自転車で来るから、駐車場で待てば落ち合えると思っていた。

厳しいアスファルトの照り返しの中で、裕也を待ったが一向に現れる気配がない。裕也のために買ったコーラは、とっくに生温かくなってしまった。

不測の事態が発生したかもしれない。

荷物をまとめているところに義母が帰って来て、見咎められたとか。そもそも義母は外出せず、家に留まっているから、気づかれないように出る機会を窺っているとか。

とはいえ、裕也には尊に連絡する手立てがない。裕也は携帯電話を持っているが、尊は持っていなかった。

館内に戻り、公衆電話を探した。入口の脇に緑色の電話機を見つけた。裕也の携帯番号は控えてある。呼び出し音が何度か鳴った後、メッセージを残すようアナウンスが流れた。受話器を置き、もう一度かけ直す。結果は同じで、本人は出なかった。四回立て続けにかけても応答がないので「図書館の中にいるから早く来い」とメッセージを残した。

待っている間、手持ち無沙汰だったので絵本を手に取った。小学校低学年向けだがこれが案外面白く、暫し没頭した。

ハッと気がつき時刻を確認すると、三時半を回っている。三十分以上遅刻なんていくらなんでもおかしい。裕也は時間には正確なほうだ。プールに行くため、駅で待ち合わせをしても、遅れて来たことは一度もなかった。

取りあえずもう少し待つことにした。自分がここから居なくなったら、見捨てられたと勘違いするかもしれない。そんな真似はしないと証明するためにも、辛抱強く待つしかない。

結局四時を回っても裕也は現れなかった。一時間以上の遅刻だ。いくらなんでもこれはおかしい。何かあったに違いない。

家に行ってみるか？

裕也の家は池上梅園のすぐ近くにあるので、自転車なら五分で行ける。そうだ。たった五分。たった五分しか離れていないのに、一時間以上待たされるなんて、いくら何でもおかしい。

裕也の家に行ってみよう。行き違いになるかもしれないが、その時はその時だ。

自転車を漕(こ)いで駐車場を出た。もう夕方なのに、昼時よりもさらに陽射しが増したように感じる。呑川を渡った頃には、すでに汗だくになっていた。

途中警官が歩いているのを見かけ、思わず首をすくめた。家出がバレるかもしれないと身構えたが、警官は尊のことなどまるで無視して通り過ぎた。

裕也の家に着いた。

躊躇(ちゅうちょ)したがインターフォンを鳴らしてみた。しばらく待ったが誰も出る気配はない。

家の周りをぐるりと回った。どの窓からも明かりは漏れていない。裕也の部屋にはカーテンが下りていた。普段はガレージに停まっている、おじさんの軽トラックはなかった。裕也の自転車もない。ということは、家は出たということか。

もう一度インターフォンを鳴らした。

誰も尊には答えてくれなかった。

久しぶりのお休みの日。

美咲はお山の総門に続く参道を歩いていた。近頃、祖母と父親のお墓にはとんとご無沙汰している。仕事が忙しいのはもとより、プライベートでもいろいろあったのが原因だ。講中にも入ったし、講中やお会式を敵視している美弥子とも遣(や)り合った。

彼女とはいずれこういうことになるだろうとは思っていたが、まさかこんなに早くその機会がやって来ようとは。きっかけは、朝早くから外廊下の向こうで何やら言い争う声が聞こえたからだった。美弥子が尊の腕をグイと引き、尊が「放せよ」と身をよじっている。尋常ではない気配がした。

すぐさま止めに入ったが、思っていた通り原因が講中とお会式にあるとわかり、図らずも尊を弁護する形となった。いや、図らずもというより、そうすべきだったのだ。美弥子の偏見を正し、尊をお会式に参加させてやらねばならなかった。美弥子が凄い勢いで反論して来たので、こちらもつい熱くなった。口論している隙に、尊はどこかへ行ってしまった。

昨日朝の出来事だ。あれから美弥子にも尊にも会っていない。折を見てまた美弥子の元を訪れ、説得を繰り返そうか悩んでいる。

このことを早見住職に相談したいから、参道を歩いていることに唐突に気づいた。だってホラ、いつの間にやら住職も箒(ほうき)を持って門の前にいる。まるで美咲を待っていたかのように。

「おはようございます。今日はお仕事、休みですか？」

「ええ、そうなんです。お久しぶりです」

とはいえ、つい先日とみん家で会ったばかりだ。せっかく二人っきりにしてあげたのに、お会式と心睦会の話しかしなかったなんてと、後になって弘美に叱られた。しかし、今回もまた似たようなことになりそうだ。

「会長の太田さんに相談してもよかったのですが、今日はお休みですし、心睦会の取持ち寺の住職が早見さんですから――」

前置きしてから尊の話を始めた。意外にも住職は尊のことを知っていた。

「いつも裕也くんと一緒にいるクラスメイトでしょう。裕也くんと同じくらい大柄の。この間纏を振っているのを見ましたよ。うちで練習会のようなものがあったんです」

「そうでしたか」

「始めたばかりにしてはうまく纏を振ってました。てっきりもう講中になったと思っていましたが」

「いえ、まだなんです。あの子、両親がいなくて伯父夫婦の家で暮らしているんですけど、伯母さんがお会式に理解のない人で。なかなかＯＫを出してくれないんです」

「未成年には保護者の同伴が必要ですからね。太田さんはなんと言ってるんですか？」

「住職と同じです。保護者同伴は変えられないって。ですから何とか伯母さんを説得できないものかと」

早見住職に力になって欲しかった。お坊さんが直接話せば、それなりの説得力があるはずだ。

「う～ん」

と住職は考え込んだ。

「わたしが下手に介入すると、要らぬ誤解を招くような気がします」

「どうしてですか」

「つまりですね——」

僧侶が積極的に動くと、強引な勧誘と勘違いされるという。確かにその通りだ。美咲も当初、お寺と親密になり過ぎると、マインドコントロールされるのではと危惧していた。

「おっしゃること、よくわかりました。やはりこういうことは、講中の人間がやるべきですよね。っていうよりわたしですね。わたしがご近所ですし。尊くんとはいろいろありましたし」

前に話したピンポンダッシュ少年が、実は尊なのだと打ち明けた。

「でもあれは誤解だったんです。尊くんは誤配されて来た郵便物を、わたしに届けようとしていただけでした。同じ紺野という苗字で同じマンションの同じ階に住んでいますから、配達の人が間違えたんです」

「なるほど、そういうことだったんですね……」

「あたし、恩を仇で返すような真似をしました。許してもらおうと躍起になればなるほどさらなる誤解を生んだようで、尊くん、あたしのことを避けてるんです。

あの子、家であまり食べさせてもらえてないんですよ。虐待ではないものの、美弥子さん――尊くんの伯母さんですが――彼女には独特の考えがあるようで、高カロリーのものは食べさせたくないのでしょう。だからいつも尊くんはお腹を空かせています。食事の問題だけでなく、美弥子さんと尊くんはことごとく合わないみたいです。尊くんは肩身の狭い思いをしていると思います。せめて講中に入れば、わたしたちが彼の面倒を見てあげることができるのに……」

言葉を詰まらせる美咲を、住職が優しい目で見すえた。

「熱い心をお持ちですね」

「もともと体育会ですから。ろくな成績も挙げられませんでしたが」

「美咲さんが羨ましいですよ。あなたは、わたしにはないものを持っている。僧侶というのは職業柄あまり感情を表に出しませんが、だから取っつきにくいと批判があるのも知っています。美咲さんの熱き思いは、必ずや尊くんや美弥子さんにも届くことでしょう」

「だといいんですけど」

その時、早見住職の携帯が鳴った。電話に出た住職の顔色が見る間に変わった。

「何かあったのですか?」

電話を切った住職が、悲痛な面持ちで美咲を振り向いた。

「……裕也くんが、亡くなりました」


裕也の葬儀は本妙院の本堂で行われた。

小学校のクラスメイトや校長、副校長、担任教諭、心睦会の講中、町内会役員、親戚縁者、その他諸々の参列者が訪れ、皆早過ぎる死を悼んだ。

早見住職の読経が続く中、美咲は小さな棺に献花した。裕也はまるでまどろんでいるかのようで、今にも大あくびをしながら起き上がりそうだった。なぜこんなに元気で丈夫だった子の命が、突然奪われたりするのだろうか。

大きくて逞しい裕也の父親は、目を真っ赤に泣きはらしていた。小三にしては型破りに大きかったのも、この父親を見れば納得がいく。父親の横には若い女性がいた。後妻だという。お腹が大きいので、来月辺り出産だろう。生まれて来る子どもは、腹違いの兄の顔を見ることはない。

美咲は二人に目礼し、棺を離れた。堪えきれなくなったのか、父親が大きな嗚咽を漏らした。

事故だった。美咲がマンションの外廊下で美弥子と遣り合った日の午後のことだ。そういえば、近くでサイレンの音を聞いた。きっとあの救急車に裕也が乗っていたのだ。

裕也が運び込まれた池上総合病院は、美咲が住んでいるマンションのすぐ裏にある。頭部は無傷だったが、内臓の損傷が酷く、必死の救命活動の甲斐なく事切れたという。

自転車を運転している時、後ろから来たトラックにはねられた。目撃者によれば、裕也は大きな鞄を二つもハンドルにかけ、不安定な状態で走行していたという。バランスを崩し、道の中央に大きくハンドルを切ったところ、斜め後ろを走っていたトラックのブレーキが間に合わず、惨事に至った。

問題なのは、なぜ裕也がそれほどの荷物を運んでいたのかということだ。鞄の中には夏物はおろか、セーターやダウンジャケットも入っていたという。どこかに旅行しようとしていたのだろうか。秋冬物の服まで揃えるというのは、かなり長期の日程だ。

父親も義母も、旅行のことなど知らなかった。ということはつまり、家出である。

父親の哀哭が尋常ではないのも無理からぬことだろう。息子は問題を抱えていた。だからもう帰らない覚悟で荷物をまとめ、家を出た。果たして父親は、息子の葛藤に気づいていただろうか。気づいていたなら、家を出る決心をする前に、何とか鎮めることができたかもしれない。そうすれば、このような惨事は起こらなかった。

本堂を出るなり、後ろからポンと肩を叩かれた。太田夫妻だった。「可哀そうで見てらんねーな」とご主人が鼻をすすった。

「いったい何でこんなことになっちまったんだか。ったく、神も仏もねーのかよ」

三人で寺門を出て本門寺通りに向かった。

「後妻さんは綺麗で優しい人だから、てっきり仲良くやってると思っていたのに、やっぱりいろいろあったのかしら」

女将さんがハンカチで目頭を押さえた。

「いつも尊くんと一緒で、すごく楽しそうだったのに、まさか家出するなんて」

「そういえば尊くん、今日も来ていませんでしたね」

昨晩の通夜にも尊は姿を見せなかった。

「親友だったからねえ。ショックで寝込んでるのかもしれねーな」

藤乃屋の前で二人と別れ、マンションに戻った。エントランスで一瞬躊躇したが、インターフォンを押してみた。しばらく経って「はい」と美弥子の声がした。

「紺野美咲です。たった今、中田裕也くんの葬儀から帰ってまいりました。ちょっと伺ってよろしいでしょうか」

「……わかりました。どうぞ」

紺野美弥子は憔悴(しょうすい)しきった顔で美咲を迎えた。この間言い争った時の、自信たっぷりの美弥子とはまるで別人のようだった。

「ご葬儀に参列しなければと思いつつ、バタバタしていて、本当に申し訳ないです。心よりお悔やみ申し上げます」

わたしにそんなこと言われても困ると思いながら、尊くんは元気かと尋ねた。

「部屋から出て来ないんです」

家に上がるよう促された。ダイニングテーブルでは利発そうな女の子が、漢字ドリルをやっていた。美咲の顔を見るなり「こんにちは」とはきはきした声で挨拶する。娘の舞ですと紹介された。美咲は舞の正面に腰を下ろした。

「舞ちゃん。たっくんの様子はどう?」

美弥子が質問した。

「暑いのに布団被って寝てる。ご飯、いらないって」

「やはりショックだったんですね。いつも一緒に遊んでいた裕也くんが、あんなことになってしまって――」

「尊は……裕也くんが事故に遭ったのは、自分のせいだと言ってます」

「どういうことですか?」

「待ち合わせしていたみたいなんです。一緒に家出するために」

裕也は一人ではなく、尊と二人で家出しようとしていたのだ。言い出したのは尊のほうらしい。だから罪の意識に苛（さいな）まれている。

「もう何日も、ほとんど何も食べていません。食事を部屋に持って行っても、一切口をつけないんです」

家出の引き金となったのは、あの日の口論に違いなかった。美弥子がお会式の参加を認めなかったため、尊は家を出る決意をした。その日の午後には裕也と共に、出発する手はずを整えた。そして、裕也は事故に遭った。

何もお会式だけが原因ではなかったのだろう。積もりに積もったものが、あの日ついに爆発したのだ。

「尊くんの部屋に行ってもいいですか？」

こう申し出るのは二度目だった。一度目は、美咲が入るより先に、尊がさっさと部屋から出て行ってしまった。

「それは構いませんけど、あの子、意固地になってますし、部屋の中に入れて――」

美弥子が話し終える前に席を立った。舞が同時に立ち上がり、こっちです、と部屋まで案内してくれた。尊と共同で部屋を使っているらしい。

ドアをノックし「尊くん」と呼びかけた。

「ええと……同じマンションの紺野美咲です。この間は手紙を届けてくれてありがとう」

といっても、もうずいぶん前の話だ。

「ちょっとお話したいんだけど、いいかな？」

返事がまったくないので、ドアノブに手をかけた。回らない。内側から鍵をかけているのだ。

もう一度ドアをノックした。相変わらず返事はない。

「舞ちゃんも、締め出されちゃったの？」

囁（ささや）き声で訊いた。舞は首を横に振る。

「夜は入れてくれる。でも昼間は一人でいたいみたい」

「そう」

舞の陰に隠れて部屋に入ろうかと思ったが、どうやらそれも叶（かな）わぬらしい。

「じゃあ尊くん。また来るから。気を落としちゃだめよ」

部屋の中で何やらガサゴソと人の動く気配がしたが、扉が開くことはなかった。

十一　忌中

裕也が家にいないのを確認すると、尊は仕方なく再び自転車に跨（また）がり、ペダルに足を掛けた。

いったいどこに行っちまったんだ？

自転車がないのは、もう出発したということだ。待ち合わせも忘れ、一人で山の探索に出かけてしまったのだろうか？

おそらくそうだ。

取りあえず一人で山を探しに行き、いい山があったら連絡するつもりでいるのだろう。しかしこっちは携帯を持っていないから、裕也には連絡する手立てがない。家で大人しく待てということか？　や、それは無理だ。家出する気満々で飛び出して来たのに、今さらまた戻るだなんて、そんな馬鹿な真似はできない。

なんで俺を置いて行ったんだよ……。死ぬまで一緒だって誓ったじゃないか。

ペダルを踏んだ。裕也の後を追おう。

大通りに出た。第二京浜だ。ここを五反田方面に真っ直ぐ行くと、環七に突き当たる。環七を左に行って、途中で降り、さらに左にずっと行くと、二十三区を抜け、山が見えて来るはずだ。このようなザックリとしたイメージが尊にはあった。きっと裕也もこのルートを行ったに違いない。今からダッシュで向かえば、追いつけるかもしれない。

ペダルを力強く踏み、第二京浜を疾走した。といっても歩道を走っていたので、それほどスピードを出せたわけではない。

空がオレンジ色に染まり始めた。夏至が過ぎて随分経つので、日が短くなった。

突然不安に苛(さいな)まれた。

裕也は本当にこの道を行ったのだろうか。もし違っていたら？　もし正反対の方向を走っているとしたら？　もう一生裕也には会えないかもしれない。

近くの飲食店から漂って来たカレーの匂いが鼻孔(びこう)をくすぐった。自然に生唾が湧(わ)いてくる。今晩の飯はどうしよう。これから起きる冒険のことで胸がいっぱいで、昼飯はあまり喉を通らなかった。だから今は胃の中がほぼ空の状態だ。

弁当を持って来るという発想が尊にはなかった。金の支払いはいつも裕也がしていたから、当面の食い物も裕也が何とかしてくれると甘く考えていた。

辺りが暗くなるとさらなる不安が襲って来た。

もし、死ぬまで裕也に再会できなかったら、俺は山奥で一人暮らすのか？　一人で畑を耕し、川魚を獲り、井戸を掘り、火を起こすのか？

いや、裕也と一緒じゃなきゃやっぱり嫌だ。一人寂しく山奥で暮らすなんて、できそうにない。

回れ右をして、来た道を戻った。

今さら家に戻れないと思っていたが、今は戻るしかないと考えを改めた。いったん仕切り直しをして、また家出の計画を練ればいい。もしかしたら、裕也も途中でギブアップし、今頃は家で晩飯を食っている最中かもしれない。

家にたどり着いた頃には、時刻はすでに八時を回っていた。こっそり玄関を開けると、目ざとい舞が気づき「おかあさん、たっくんが帰って来た」と声を上げた。

「遅くまでどこへ行ってたの？　何でリュックなんて背負ってるの」

伯母さんに詰問された。尊は無視して、部屋に向かおうとした。

「待ちなさい、たっくん」

強い口調で言われ、仕方なく顔を上げた。

「たった今、学校から連絡があったのよ。たっくんと仲の良かった中田裕也くんが——」

交通事故で病院に運び込まれたと、伯母さんは言った。そういえば、サイレンの音が聞こえたし、裕也の家に向かう途中、警官の姿も見かけた。

病院に行きたいと申し出たが、伯母さんは首を振った。

「面会謝絶だって」

何だって……！

でも、裕也なら大丈夫だ。あの頑丈な裕也なら、交通事故くらいで死ぬはずがない。きっと明日の朝になったら、ケロッした顔で「こんなのかすり傷だよ」と言うに違いない——。このように無理やり自分に言い聞かせたが、その晩は一睡もできなかった。

翌日の朝早く、裕也の訃報(ふほう)に触れた。

そんな……まさか……。

頭の中に真っ白な砂漠が広がり、しばらくは何も見えず、聞こえなかった。意識が正常に戻ったのは、舞がテレビを点(つ)けたからだ。朝のニュース番組。お馴染(なじ)みの女性キャスターが眉ひとつ動かさず、ニュース原稿を淡々と読み上げていく。

「昨日午後三時頃、東京都大田区池上の路上で、近くに住む小学三年生中田裕也くんが、自転車で走行中、後ろから来たトラックに撥ねられ――」

画面には見覚えのある風景が映っていた。池上三丁目の交差点近くだ。規制線が敷かれ、警官が交通整理をしている。この道は自転車で通らなかった。

「――意識不明のまま病院に運ばれましたが、今日未明死亡が確認されました。では次のニュースです」

キャスターは相変わらず機械のようにニュースを読み進めるが、機械のようにフリーズしていた尊は生体反応を取り戻した。

裕也が死んだ……。誰のせいだ？　俺のせいじゃないのか⁉　俺が家出するなんて言わなきゃ、あいつもついて来ようなんて考えなかった。そうすりゃ事故だって起きなかった。今日もいつもと同じように、一緒にプール遊びや纏(まとい)振りをすることができた。

それなのに――。

涙腺が決壊した。尊はダイニングテーブルに突っ伏して、ワンワン泣いた。泣きながら「俺のせいだ！　俺のせいだ！」と叫んだ。

「お前のせいじゃないよ、尊」

伯父さんが優しく尊の肩を抱いた。伯母さんが伯父さんの腕を引っ張り、部屋の端に連れて行った。ひそひそ声がしたかと思うと、すぐ伯父さんが戻って来た。

「たっくん。ショックで悲しいのはわかるが、伯父さんに包み隠さず話してくれ。昨日はリュックを背負って自転車でどこかへ行ったんだろう。リュックの中には着替えが入っていたそうじゃないか。いったい何をするつもりでいたんだ」

尊は嗚咽混じりにすべてを打ち明けた。

お会式に出ちゃダメだと伯母さんに言われ、もうこの家に居たくないから家出しようと思った。裕也も家を出たいと言っていたから、池上図書館で待ち合わせをし、一緒に山に行こうとした。だが、何時になっても裕也は現れず、仕方なく計画を断念。家に戻った。そして裕也が待ち合わせ場所に向かう途中、事故に遭(あ)ったことを知った――。

なんてことだ、と頭を抱えながら、伯父さんがソファーに腰を下ろした。

「お会式、俺はＯＫ出したはずだぞ」

「もう少し考えさせてってあたし、言ったでしょう。それにあなただって、最初は反対してたじゃない」

伯母さんがすかさず反論する。

「そんなことはない。俺は尊の意思を尊重しろと言ったはずだ」

「嘘おっしゃい。面倒事は嫌いだから、お前に任せるって態度が見え見えだった」

尊は席を立ち、自分の部屋に向かった。ドアを閉め、鍵をかける。ベッドに横たわり、タオルケットを頭から被(かぶ)った。周囲が暗いと落ち着く。もう伯父さんの顔も伯母さんの顔も見たくなかった。

「たっくん、開けて」という声が、扉の向こうから聞こえた。答えずにいると、足音が遠ざかった。

その日の晩も、ほとんど眠ることができなかった。うつらうつらすると、必ず夢を見た。自転車に跨り、笑顔でこちらに手を振っている裕也。ハッとなり夢から目覚める。しばらくは怖くて目を閉じることもできず、暗闇をじっと見つめるが、やがて睡魔が訪れ、意識が遠のくと同時に、裕也がまたもや現れる。この繰り返しで朝を迎えた。

タオルケットの隙間から降り注ぐ陽光で、今朝も晴れているとわかった。

トントンと部屋をノックする音が聞こえたが、無視していると、やがてやんだ。

大量に汗を掻いていた。エアコンをつけていない部屋で何時間もタオルケットに包まってい
たのだから、無理もない。昇り始めた太陽が、室温をどんどん上げている。
ベッドから出てエアコンを点けた。さっきまで横たわっていたシーツには、大きな汗染みが
できていた。濡れたシャツとパンツを脱いで、着替えた。喉がカラカラに渇いていたので、部
屋を出てキッチンに向かった。
伯父さんは既に会社に行ったようで、伯母さんもいなかった。居間でテレビを観ていた舞が
こちらを振り向き「朝ご飯、ラップに包んであるから、レンジでチンしなさいって」と言った。
尊は冷蔵庫を開け、中から麦茶のペットボトルを取り出し、そのままラッパ飲みした。
「あたし、昨日はここで寝たんだよ」
舞が座っているソファーをバンバンと叩いた。
「勉強もできなかった。だって、たっくん、鍵閉めちゃうから」
ギロリとにらむと、舞は立ち上がり、部屋までダッシュして中に閉じこもった。恐らく今度
は舞が中から鍵をかけるだろう。
仕方なく居間でテレビを観た。夏休み最後のアニメ特集をやっていたが、内容がまったく頭
に入って来ない。ご飯をチンして食べろと言われたが、食欲はなかった。昨晩も何も食べてい
ないのに、未だ空腹は訪れない。胸がいっぱいで、むしろ吐き気を催すくらいだ。

昼になり、伯母さんが帰って来ると、舞も部屋から出て来た。舞と入れ替わるように尊は部屋の中に引きこもった。

窓に夕日が差し込む頃、伯母さんが部屋の前まで来た。裕也のお通夜があるという。お坊さんがお経を読み、線香をあげて、みんなで悲しみに暮れ、棺桶に入った裕也と対面するのだ。

ダメだ。そんなこと、できそうにない――。

動かなくなった姿を見なければ、心の中で裕也は生き続ける。元気よく纏を振り、くず餅をガツガツ食べて、プールの水が柵の向こうまで飛び散るほど、豪快な飛び込みを決めていた裕也の姿だけが、思い出の中に生きる。だからお通夜には行きたくない。

伯母さんが去って行く気配を感じた。尊は部屋の鍵をそっと開けた。しばらくすると、ぬいぐるみを小脇に抱えた舞が部屋に入って来て、二段ベッドのはしごを上った。上のベッドに落ち着くや「たっくん、ちゃんと歯磨いた？」などと訊いて来る。尊は無視して、タオルケットに包まった。

夜中、トイレに立った時、ついでに冷蔵庫に行ってハムを食べた。昨日も何も食べなかったので、さすがに空腹を覚えたのだが、伯母さんの作ったものには口をつけたくなかった。

次の日に、例のおせっかいおばさんがまたやって来た。話をしたい、などと言っている。無視していると、また来ると言い残し、去って行った。

汗臭いタオルケットに包まり、裕也の面影と戯(たわむ)れた。初日の夜は罪の意識に苛まれ、記憶から消し去りたかったが、今は逆だ。裕也は心に生き続ける。あの笑顔は絶対に忘れない。

やがて二学期が始まったが、尊はベッドから出なかった。裕也のいない学校になど行く意味がない。

始業式の日、伯父さんが部屋をノックして「そろそろ出て来たらどうだ」と言った。

「裕也くんのことは本当に残念だった。たっくんが悲しみに暮れる気持ちもよくわかる。だけど、ずっとそうしているつもりか？　今日から学校が始まるんだ。みんなの顔を見れば、気持ちをリセットできるかもしれないよ」

リセットとはどういう意味か？　みんなの顔を見て、裕也のことなど早く忘れてしまえということか？

「ずっと部屋の中に閉じこもってるのは良くないぞ。子どもは表で遊ばないと」

夏休み中、表で遊びまくっていたら、伯母さんに部屋に閉じこもって勉強しろと叱られた。

「さあ、学校へ行こう。舞も待ってるよ」

「行きたくない」

「ダダをこねてないで、早く鍵を開けなさい」

無視していると、ため息と共に足音が遠ざかった。

翌日には担任の先生がやって来た。

「ホラ、たっくん、小林先生が心配していらっしゃってくださったのよ」

ドアの前には伯母さんと小林先生がいるらしかった。「鍵を開けなさい」と迫る伯母さんを
「いえ、このままで大丈夫ですから」と先生が制した。

「二組の中田くんのことは、本当に残念だった。紺野くんが、悲しみに暮れるのもよくわかるよ。中田くんと一番仲が良かったのが、紺野くんだものな。だけど、そろそろ前を向かないか？学校に来て、クラスメイトの顔を見れば、気持ちをリフレッシュできるかもしれない――」

小林先生の言っていることは、驚くほど伯父さんとそっくりだった。違いといえば、リセットがリフレッシュに変わったくらいだ。どうして大人というのは、こうもワンパターンなことしか言えないのか。

こちらが無反応なのにもめげず、小林先生は辛抱強く何やら諭していたが、すべて右の耳から左の耳に抜けた。


「心睦会の万灯参詣、今年は自粛したほうがいいんじゃないかって意見が出てるんだよ」

太田さんのご主人が、沈痛な面持ちで言った。

「本番は十月十二日だからね。四十九日も過ぎてないし」

「そうですか……」

四十九日間はまだ忌中だ。お祭り騒ぎをしている場合ではないということか。だけど……と美咲は口を開きかけたが、結局閉じた。

「明日の夜、心睦会の会合があるんだけど、美咲ちゃんも来るかい」

会合は、本妙院の庫裡で行われた。本堂の脇にある住職の住居で、畳四十畳ほどの大きな広間がある。ここに太田会長をはじめ、講の主たるメンバーが集結した。早見住職もいる。裕也の父親の姿はなかった。

「なんか、ショックで寝込んじまっているようだからな」

「そっとしておいてやろうよ」

「四十九日の法要が終わるまでは、喪に服さないとなあ」

だから今年は、万灯参詣を自粛したほうがいいという意見が、やはり大勢を占めた。だが、決行派もいないわけではなかった。

「だけどなあ、心睦は池上で一番古い講だからな。我々の先達が並々ならぬ努力を重ね、お会式を復活させたんだ。全国の講中にとって、池上のお会式は憧れの的なんだぜ」

お会式と名のつく行事は日本全国にあるが、中でも大本山・池上本門寺のお会式は最大の規模である。

「なのに、本家本元の講中が不参加ってのはなあ」

「なんか、お山も近頃冷めてるし、いろんな規制もできたし。池上の住人はどんどんお会式離れしているだろう。熱心なのは地方の講中のほうだ。そんなご時世で、我々が不参加っていうのは――」

「池上の講なら他にもあんだろう。何も池上の講中全員がお会式を見送るわけじゃない。うちだけが、事情が事情だから、今回は遠慮したいと言えば、本睦や一心講の連中はうちらの分まで頑張ってくれるだろうさ」

「そうだよ。今回は仕方ないじゃないか。いずれにせよ、俺らがどう決めても、お会式には参加しないって言ってる講中はいるぜ。人が集まらなきゃ、万灯だって運べないだろう」

お会式は強制参加ではない。心睦会としてどう決定を下そうが、講中は独自に判断する。

「新しい人の意見も聞いてみては如何でしょう」

早見住職が、美咲に水を向けた。

「ええと……わたしは、その、お会式のことなど、つい最近までまるで知らなかった新参者ですけど――」

チラリと住職の顔を窺うと、大きくうなずいている。臆せず意見を言えということだ。

「そもそもの原因というのが、お会式だったんです。皆さんもご存じかと思いますが、裕也くんの親友の尊くんという男の子が、お会式で纏を振りたいと、一生懸命練習していました。ところが尊くんの保護者は講に入ることを認めなかった。これが引き金となって、尊くんは家出を決意したんです。無論この件だけじゃなく、以前からいろいろ鬱積したものはあったようですけど」

そして、裕也が尊と行動を共にした。

「不慮の事故でした。尊くんは罪の意識に苛まれ、ずっと部屋に引きこもっています。考えてもみてください。尊くんがお会式で纏を振ることを許されていたら、こんな悲劇は起きていなかったはずです。亡くなった裕也くんは、果たしてお会式不参加を喜んでくれるでしょうか。むしろ自分の代わりに誰かが元気よく纏を振って、万灯参詣することを望んでいるのではないでしょうか」

「わたしも美咲さんの意見に賛成です」

早見住職が言った。

「皆さんご存じのように、日蓮聖人の忌日のお逮夜に、万灯を掲げ、威勢よく纏を振りながら、太鼓と笛に合わせ、練り歩くのが池上のお会式です。聖人の死を悼むというより、こんなに元気よく、お題目を唱えていますよ、という思いが込められています。幼い裕也くんも、その趣旨を充分理解しておりました。忌中だからと纏を振らないのは、供養になるとは思えません。

裕也くんの冥福（めいふく）を祈るためにも、お会式には参加すべきではないでしょうか」

講中のことは講中に任せるというスタンスの住職が、自分の意見を言うのはめずらしいことだった。

取持ち寺の住職がこう言うのだから、自粛派も口をつぐんだ。

太田会長が一つ息を吐き、一同を見回した。

「それじゃ、決行ということにいたしましょうか、皆さん」

「ですが、中田のおやっさんが何と言いますかね」

誰かの声が飛んだ。

「その点は心配ない。事情を説明すれば、中田さんも納得してくれるよ。第一、中田さんは自粛しろなんて一言も言ってない。我々が忖度（そんたく）しているだけだ」

「纏はどうします？　裕也くんもいないし、その尊くんって子は、お会式を禁じられてるんでしょう。今回は子ども纏はなしということにしますか？」

大人と子どもが大小の纏を振るのが、心睦会の売りである。

「わたしが尊くんと彼の保護者を説得してみます」

説得できる自信など正直なかったが、現実から目を背（そむ）け、ずっと引きこもっている尊を何とかしてやりたいと美咲は思った。

「たとえ説得できたとしても、尊くん一人だけじゃ無理だろう」

纏は重いので、振るのは一分が限界だ。最低二人で交互に振らなければ、体力が持たない。元々裕也と一緒に纏を振る予定だった中学生は、試験日と重なるため、今回お会式には不参加だという。

「わたしではダメでしょうか」

大人用の纏は重くて女性には扱いが難しいが、中学生用であれば大丈夫なはずだ。

「それは、構わんよ。では、尊くんの説得は美咲ちゃんにお願いしていいね」

太田会長が念を押した。

「任せてください」

美咲はくちびるを引き締めた。

十二　ありえないこと

今日はついにあの二人がやって来た。

美濃部と白鳥だ。小林先生に言われ、プリントやらノートやらを届けに来たらしい。舞が「たっくん、友だちが来たよ」と部屋の前まで連れて来た。

「紺野くん。開けてくれ」と美濃部の声がした。

「きみが悲しみに暮れているのはよくわかる。中田くんのことは非常に残念だった。だが、そろそろ前に進まないか？　クラスのみんなも紺野くんに会いたがっているよ」

どこかで聞いたような台詞（せりふ）。こいつは大人のコピーか？　いや、美濃部というのは、実は小三の振りをしている、大人なのかもしれない。

それにしても、クラスのみんなも紺野くんに会いたがっているなどと、よくもそんな大嘘がつけたものだ。無視ゲームを始めたのはお前たちじゃないか。

「ねえ紺野くん、ドアを開けて。開けたくないなら、せめて聞いて。実はあたしたち女子は、紺野くんに厳し過ぎたんじゃないかって、今では反省してるの」

白鳥の声だ。いつになく、しおらしいことを言っている。愛（いと）しい美濃部の前で、点数を稼ぎたいのだろう。傷心の紺野くんには優しくが、今のトレンドなのだ。

「考えてみたら、紺野くんは、それほど乱暴なことをしてなかった。中田くんと、取っ組み合いの喧嘩をしていたなんて、あたしたちの誤解でした。あんなに仲のよかった中田くんと、そんなことをするはずないものね。なのにあたしたち、ず～っと無視の刑を続けて――」

おいおい。舞の前でそんな話をするのはやめてくれ。家ではクラスで無視されていることは秘密にしている。

ドアを開けた。

ギョッとした顔の白鳥と美濃部が、目の前に立っている。舞も二人の傍らにいた。

何だよ？「開けて」と言ったのは、お前らのほうだろう。それとも単なるパフォーマンスだったのか。

「入れ」

二人を部屋の中に招き入れた。舞も入ろうとしたので「お前はあっちへ行ってろ」と追いはらった。

引きこもってろくに風呂にも入ってない尊の容姿と臭いが、あまりにも酷かったのだろう。白鳥は一瞬小鼻に皺を寄せたが、すぐさま自分の使命を思い出し、尊を諭し始めた。必死になってしゃべっている様子が、なんだか滑稽だった。こいつはエレクトーンの劣等感を、こういうところで挽回しなければならないのだ。

「――なので、紺野くんには是非学校に戻って欲しいの」

「わかった。行くよ」

えっ？　と白鳥が瞳を見開いた。引きこもりのクラスメートを熱心に説得している学級副委員長を演じられるだけでよかったのに、まさかこうも簡単に懐柔されてしまうとは、と顔に書いてある。

実は、そろそろ表に出たいと尊は思っていたのだ。小三の元気な盛りにとって、部屋にじっと引きこもっているのには限界がある。

最初の頃は頻繁に脳裏に現れた裕也も、近頃あまり姿を見せなくなった。きっとあいつのことだから、あの世ですぐに友だちを見つけ、毎日遊び惚けているに違いない。だから、俺もそろそろ動き出さなければ。

「そ、そうか。それはよかった、紺野くん」

美濃部と白鳥がホッとした表情で顔を見合わせた。美濃部が手を差し出したので、握り返した。どこまでもキザなやつだ。白鳥も倣って、おずおずと右手を伸ばした。尊がその手を強く握り返すと、驚いた顔でサッと引っ込めた。握手はガッチリ交わすのが礼儀ということを、白鳥は知らないらしい。

翌日は朝早く起きて、久しぶりにシャワーを浴び、髪の毛を洗った。風呂場から出ると、伯父さんと伯母さんが目を丸くして見ていた。

「あ、朝ご飯、たっくんの好きなスクランブルエッグ作るからね」

伯母さんがそそくさとキッチンに向かう。

「今日は天気もいいし、カラッとしてるから、校庭でサッカーをやるにはうってつけだな」

伯父さんが、遠回しに今日こそは学校へ行けと言っている。言われなくても、行くと決めたよと、心の中でつぶやいた。

湯気を立てているスクランブルエッグとこんがりトーストを、ものの三十秒で胃の中に収めるや、ランドセルを背負い「行って来ます」と家を出た。

夏休みも含めれば、ほぼ二ヶ月ぶりの学校だった。校門が随分小さく見えるのは、自分の背がまた伸びたせいか。

下駄箱で上履き（うわばき）に履き替えていると、尊の姿を認めた女子グループが教室に走り去った。しばらく引きこもっていたクラスメイトがやっと登校して来た、と報告しに行ったのだろう。

教室のドアを開けるなり、女子のグループが拍手で尊を出迎えた。突然のことでギョッとなり、危うく回れ右をして逃げ出すところだった。

「紺野くん、戻って来てくれてありがとう」

白鳥が大きな目を細め、言うと、女子全員が「紺野くん、戻って来てくれてありがとう」とリピートした。そして、何と、折り鶴で作ったレイを首にかけようとするではないか。やめてくれと、心の中で叫んだ。女子はどうして、こうも大仰（おおぎょう）なことが好きなんだ。

男子はどちらかと言えば冷ややかな目線で、この光景を見ていた。とはいえ、尊が近づいて行くと「また、ドッジボールしような」などと声をかけてくれた。

女子の尋常ならざる歓迎は、翌日になるともう沈静化した。朝、登校してくる尊と目が合っても、ツンと横を向く。廊下のど真ん中を歩いていると、警戒心を露(あらわ)に道を譲る。男子は、美濃部のグループが積極的に話しかけて来るようになった。特に美濃部本人が「紺野くんはどう思う?」などとしきりに話題を振ろうとした。美濃部は日本人だが、言っている日本語の八割は理解できない。「皆総理大臣に忖度(そんたく)し過ぎるんだよ。そう思わないか?」と訊(き)かれても、最後の「そう思わないか?」だけしか理解できないのだから、答えようがない。一年生の漢字ドリルをやらせても十点しか取れない石川が、なぜ美濃部グループから抜けたのか納得がいった。だから石川とはつるむが、美濃部グループとは距離を置くようになった。美濃部もそんな雰囲気を微妙に察知し、尊をあまり構わなくなった。

つまり、クラスメイト全員から徹底無視される前の環境に戻ったのだ。これが自然律ということなのだろう。尊にとって理想的な環境だ。徹底無視は嫌だが、くっつき過ぎるのも苦手。このくらいの距離感がちょうどいい。

このように学園生活は平静を取り戻したが、プライベートではまたウザい出来事が起きた。きっかけを作ったのは、またもやあの若いおばさんだった。

ある日学校から帰るなり「たっくん。ちょっとこっちにいらっしゃい」と伯母さんに手招きされた。ランドセルを背負ったまま居間に入ると、あの若いおばさんがいた。目の前には紅茶のカップが置かれ、何やらくつろいだ雰囲気だ。

「美咲さんといろいろお話ししたんだけど——」

伯母さんが、若いおばさんに目配せした。おばさんは美咲という名前なのか。そういえば、以前保管していた封筒の宛名には、紺野美咲と書いてあったような気がする。

「お会式、出てもいいんじゃないかしら」

はっ？

「尊くん、一生懸命纏の練習をしてたでしょう。だから、本番でお披露目できたら嬉しいじゃない」

美咲が言葉を継いだ。

突如として、忘れかけていた光景が巨大な渦となり、脳裏によみがえった。

お会式参加を徹底的に反対されたから、家出することを決めたのだ。その旨を打ち明けると、友だち思いの裕也は、一緒に行くと言ってくれた。約束の時間に遅れまいと、車の行き来が激しい国道で、重たい荷物をハンドルにかけ、ユラユラ左右に揺れながら、必死にペダルを漕いでくれた。だからあんな悲劇が起きた。お会式をすんなり認めてくれたら、家出なんか考えなかった。裕也だって生きていたはずだ。今頃二人で本番に向け、一生懸命纏の練習をしていたに違いない。

それを今さら……。

「ふざけんなよっ！」

ランドセルをソファーに乱暴に放り投げ、玄関に向かって駆け出した。家を出ると、池上通りを全力で走った。道行く人たちが、何事かとこちらに注目している。

止めどなくあふれ出る涙を、ぬぐうことすらしなかった。


紺野美弥子は美咲の提案を神妙に聴いていた。

「わたしはもう、口を挟みませんから。尊がやるというなら、反対はしませんよ」

美咲が話し終えると、驚くほどあっさりとお会式参加を認めた。

「わたしも主人も講中になります。ただし一緒に万灯参詣をするかどうかは、主人に訊いてみないと何とも言えませんが」

「それは構いません。尊くんの様子は、あれからどうですか？」

「随分元気になりましたのよ。学校にも復帰しましたし、新しい友だちもできたようで」

玄関が開き、尊が帰って来た。美弥子が居間に呼び寄せる。久しぶりに見る尊は、血色が良く元気そうだった。だが、美弥子が、お会式に出てみてはどうか、と尋ねるなり顔色が急変した。

「尊くん、一生懸命纏の練習をしてたでしょう。だから、本番でお披露目できたら嬉しいじゃない」と、美咲が言葉を継いだのは逆効果だったらしい。尊は逆上し、家を出て行ってしまった。

「……まだ早すぎたのかもしれませんね」

美弥子が済まなそうな顔で美咲を振り返る。

四十九日も過ぎてないのに、お会式もないものだという意見は講中からも出た。しかしそれを押して、心睦会は今年もお会式に参加することを決めたのだ。

美弥子に礼を言い、引き揚げた。もう少し時間を置いてからまた説得してみよう。

しかし、美咲は元来せっかちな質だった。だから尊に「ふざけんなよっ！」と罵声を浴びせられた二日後には、また尊宅を訪ねていた。午後五時半。夕餉の少し前の時間であれば、尊も在宅していると踏んだ。

ドアを開けた美弥子は一瞬、またあなたなの？　というような顔をしたが、家の中に通してくれた。キッチンからは煮物のいい匂いが漂って来る。居間で本を読んでいた舞が美咲に気づき「こんにちは」と元気よく挨拶した。

「尊なら部屋にいます」

長居しないと約束し、廊下を奥まで進んだ。勉強部屋のドアをノックし、来訪の旨を伝えるなり、中でがさごそ動く気配がし、ガチャリと鍵がかけられた。

「尊くん。嫌がるのはわかるけど、聞いて」

返事はない。

「お会式に出て纏を振るのが、裕也くんの一番の供養になると思うの。そう思わない?」

相変わらず扉の向こうは沈黙している。美咲はさらに続けた。

「裕也くんだってそれを望んでいるじゃないかしら? あの子、小二から纏を振ってたんでしょう」

「裕也は纏なんて振らねえよ。俺と一緒に山に住むつもりだったんだから」

「尊くんはもう山に住むつもり、ないんでしょう。だったらお会式、出ようよ」

「うっせーな。放っとけよ」

「実はあたし、今纏の練習してるの。尊くんの相方をやるために」

「勝手に練習してりゃいいだろ。俺に関係ねーし」

それから後も問答は続いたが、尊は頑(かたく)なだった。

廊下の端に美弥子が現れ、こちらの様子を窺(うかが)っている。時刻を確認すると、もう六時を過ぎていた。そろそろ晩御飯の時間だ。これ以上留まるのは迷惑だろう。

「じゃあもう行くけど、考えておいてね。また来るから」

「もう来なくていいよ」

と扉越しに返って来た。

しつこく粘っても、嫌われるだけということはわかっていた。とはいえ、不器用な体育会の美咲は、しつこく粘る以外に説得する術を知らない。

さらにもう一つ、憂うことがあった。纏がうまく振れないのだ。

太田会長自ら、纏振りを伝授してくれるが、藤乃屋で働いている時は、いつも笑顔を絶やさない優しい店長なのに、纏を振るう時は鬼の教官に変貌した。

「ホラ、ダメだよ、そんなへっぴり腰じゃあ」

「脇を広げない。足の真上で回すんだよ」

「もっと体重を前に乗せて！」

初めて纏を持った時、その重さに驚いた。中学生用というが、大人用とほとんど同じ重さではないか。

とはいえ、体力だけはあるので重さにはすぐに慣れた。問題は技だ。バスケの時もハンドボールの時も技が追いつかず、レギュラーに選ばれたことは一度もなかった。

このままでは、お会式本番までに間に合わないかもしれない。尊の相方をやりたいなどと広言しておいて、実は下手くそなので無理でしたというのではシャレにならない。

落ち込んでいる美咲を見かね、弘美が「励ます会」を開催すると連絡して来た。場所は「喜代美」。若い女将が仕切る例の小料理屋だ。

集まったのは弘美と顔見知りの講中の若手、そして早見住職だった。ダンガリーシャツに白いジーンズという出で立ちは、その辺のどこにでもいる若者と同じ。べっこうの眼鏡がよく似合っている。

会合は弘美の音頭で進められ、一生懸命尊を講中に誘っている美咲の努力は、必ずや実を結ぶだろうと激励した。

「みんな、美咲ちゃんの意気に共感して集まってくれたのよ」

「俺たち、尊くんのことはよく知らないから、直接力になれないかもしれんが、側面からならサポートできるから。何でも言ってくれ」

「裕也くんのことは、本当に残念だったけど、だからってお会式に出ないのは、違うんじゃないかって思ってたんだよ。美咲さんが意見を言ってくれてよかった。あの日、美咲さんがいなかったら、俺たちきっと自粛派に押しきられていたよ」

「尊くんが裕也なんだよな。あの二人はホント、そっくりだ。きっと尊は纏を振ってくれるさ。だって、裕也の魂が振りたがってるんだから」

講中の面々の温かい言葉に、思わず涙腺が緩(ゆる)んだ。

「皆さん、本当にありがとうございます……」

言葉に詰まると「ホラ、飲んで飲んで」と酒を注がれる。言われるがままに飲んだ。こんなに酒を飲むのは久しぶりだった。

飲み過ぎると愚痴っぽくなるのが美咲の悪い癖だ。

「あたしって昔から不器用で、運動神経もないのに部活なんかやって、それも団体スポーツだから、みんなに迷惑かけて――纏でも迷惑かけてるんスよね。全然うまくならないし――」

「俺は纏振ったことねえから大きなことは言えないけど、回すだけならそれほど難しくないんじゃないか？」

講中の一人が言う。

「纏の返し方がよくわかんないんスよ。返さないで回したら、単なる皿回しと同じじゃないですか。もうこのままじゃ、たとえ尊くんが戻って来てくれても一緒に纏、振れないじゃないですか。呆れられちゃいますよ。そもそも、纏ってなんであんなに面倒なんですか。信じられないっスよ……」

ティッシュを取り出し、勢いよく洟をかんだ。「ブ～ッ」と大きな音が店中に響き渡る。

「尊くん、あたしのこと嫌ってるんスよ。最初にいろいろあって、彼のこと誤解してて。でも、本当は、すんごくイイ子で。誤解解こうとして、何度も話しかけてみたけど、全然うまくいかなくて。ほとんどストーカーみたいなモンです。知らない人が見たら、警察に通報するでしょうね。もうすぐ三十になるおばさんが、小学生の男の子追い回してるって、ははははははっ！――すんません。カルピスサワーお代わりいいですか？」

カウンターに載った白い液体の入ったグラスを勢いよく傾けた。

「あの子、両親も兄弟もいないんですよ。あたしと同じで、天涯孤独なんです。だから、あの子の気持ち、よくわかるんです。あの子の力になってあげたいんです。なのにあたし、ホントに力不足で、何一つうまくいかなくて……」

目蓋が重くなり、美咲はカウンターの上に突っ伏した。そのまましばらく眠ったらしい。

「美咲さん」と呼ぶ小さな声が聞こえる。答えたかったが口が動かない。誰かに腕を取られる気配を感じた。薄っすら目を開けると、早見住職が腕を自分の肩にかけようとしている。

「大丈夫です。歩けますから」

立ち上がろうとするも、膝が笑った。住職が慌てて、腰に腕を回す。

「お送りしますよ」

「皆さんは？」

「もうとっくに帰られました」

ということは、早見住職と二人きりでずっとここにいたということか。マヌケな寝顔を見られたのではと、途端に恥ずかしくなった。

「美咲ちゃん、送ってもらいなさい。もう遅いんだから」

喜代美の若女将が意味深な笑みを浮かべた。といっても、ここから自宅まで歩いて三分の距離だ。

「すみません……」

早見住職は細身のわりには力持ちで、大柄な美咲が寄りかかってもビクともしなかった。

シャキッと歩かねばと思うものの、身体を預けているのが何とも心地よい。またゆっくりと睡魔が襲ってくる。

おぼつかない足取りで、住職と店を出た。横丁を出て、新参道を駅方面に歩く。

「実はわたし、ちょっと嫉妬（しっと）してるんですよ」

早見住職が耳元でささやいた。

「尊くんのことをそれほどまでに気にかけているなんて」

この人はいったい何を言っているのだろう……。というより、これは幻聴か？　朦朧（もうろう）とした意識の中で美咲は考えた。そうよね、幻聴よね。お坊さんが嫉妬するなんて、ありえない。それも小学生に嫉妬するだなんて。

ありえないことはさらに起きた。

早見住職は一緒にエレベーターに乗り、二階までついて来た。

「あ、あの……あそこのドアです」

裏返りそうになる瞳を必死に見開き、住戸の扉を確認した。

「わかりました。入口までお送りします」

ドアの前まで来た。ショルダーバッグの中をまさぐり、家の鍵を探しているうちに、誤ってバッグを落としてしまった。かがんでバッグを取ろうとした時には、すでに住職がバッグに手をかけていた。

美咲の掌が住職の掌（てのひら）に重なった。故意ではない。だがそんなことはどうでもよかった。

かがんでいた住職の顔が目の前にあった。

どちらからともなく唇が重ねられた。

キスしたまま、きつく抱きしめられた。美咲も住職の肩にしがみついた。

一度（ひとたび）解き放たれた欲望は、狂おしいほどお互いを貪（むさぼ）り合った。

十三　合同町内回り

どこからともなく、ぴーひゃらぴーひゃらと笛の音や、どんどんと太鼓の音が聞こえて来る。

近在結社の講中たちが、万灯行列の練習をしているのだろう。

下校途中の参道では、電気工事が行われていた。提灯を設置するためだという。いつの間にか、此経難持坂の側溝も木板で覆(おお)われていた。万灯を担ぐ人たちが、誤って落ちたりしないためだ。

町中が、お会式の準備で大わらわだった。

そんな中、おせっかいおばさん美咲は、あれからもちょくちょく家を訪れた。その都度(つど)尊は居留守を決め込んだり、部屋に閉じこもって会話に応じなかったりしたが、敵もしぶとい。振り払っても振り払っても、めげずにやって来る。

一度下校途中で美咲を見かけたことがある。本妙院の境内で纏(まとい)の練習をしていた。かつてここで、纏のお披露目をしたことを思い出した。あの時は講中の温かくも厳しい指導を受けた。纏を振るのはお遊びじゃないと、身が引き締まる思いがしたものだ。

――それにしてもあいつ、めちゃくちゃ下手じゃね?

手の位置が逆だよ。そんな返し方をしたら、落とすだろう。ヨタヨタしてないで、腰に重心を置けよ。もっと腕を高く掲げるんだ……。

思いつくだけでも十ヶ所以上おかしなところがあった。

こんなんで俺の相方やりたいとか言ってたのかよ。頭、大丈夫かよ、おばさん。

美咲がこちらを振り向いたので、慌ててお寺の前から離れた。

そしてついに、お会式の日がやって来た。

裕也がお会式の万灯行列は二日に渡って行われると言っていた。明日十二日が本番だが、十一日の今日は、近在結社合同町内回りというのがあるのだ。池上にある五つの結社が合同で寺回りをするという行事で、池上以外の結社からの参加はない。

祭りごとは決して嫌いではないが、裕也のことを思い出しそうになるので、夕方になると家を出た。お会式の間は池上にいたくない。といって訪ねる当てがあるわけでもなかった。

取りあえず池上線に乗った。手持ち資金は百五十円だったので、蒲田に行くことにした。蒲田までの運賃は往復で百二十四円。これなら何とかなりそうだ。

蒲田に着くと東急プラザを一回りし、街中に出た。蒲田という街は初めて歩いたが、池上より大きい。おまけに池上線の終点だ。だったら「蒲田線」でもいいように思うが、大きなお寺やお会式がある池上のほうが蒲田より格上なのだろうと、勝手に解釈した。

人通りの多い街中を歩いていると、目の前のコンビニから見慣れた顔が出て来るのが見えた。美濃部だ。パンパンに膨れたビニール袋を提げている。なんだかソワソワしていた。美濃部が足早に裏道のほうへ歩き去る。尊は後を追った。

人気のない路地を曲がると、美濃部が五、六人の少女たちに取り囲まれていた。皆、美濃部より大柄だ。おそらく五年生か六年生に違いない。

リーダー格らしき女子は、ひと際背が高く、派手な身なりをしていた。ヒョウ柄シャツに黒革のミニスカート。踵(かかと)がごついブーツを履(は)いている。よく見ると、薄っすらと化粧までしていた。

「お前、ざけんじゃね〜よ」

綺麗な顔に似合わず、言葉が汚いので驚いた。

「ストロベリーミルフィーユ買って来いって言っただろう。これ、抹茶じゃねえか、こんなババアが食うモン、食えるか！」

袋に入っていた菓子を美濃部の顔面に投げつける。

「いや……ぼくは、その、ミルフィーユは抹茶味しか置いてないっていうから、これでもいいかなと思って——」

「勝手にお前が判断すんじゃねえよ」

「使えねーやつだな」

「そういう時は、ちゃんと確認に来いよ」

女子たちが口々に美濃部を責めた。

「今度は駅向こうのコンビニ行ってこい」

「でも、ぼく、もうお金が――」

「金がなけりゃ、パクりゃいいだろう」

「いや、それは――」

「おい、美濃部。どうしたんだよ」

尊はわざと尊大に路地の中に入って行った。いくら女子たちが大きいとはいえ、尊には敵(かな)わない。

「な、なんだよお前。お前にゃ関係ねーだろ」

リーダー女子が虚勢を張ったが、瞳は泳いでいた。

「お前、こいつのナンなんだよ」

「友だちだよ。文句あるか」

縦にも横にも大きい尊が一歩踏み出すと、女子たちが身を引いた。

「お前ら、俺の友だちにパシリやらしてんだろう。今度またそんなことしたら、俺が黙っちゃいねえからな」

「行こ」

誰かがリーダー女子の袖を引っ張る。それでもリーダー女子は必死になって尊をにらみ返していた。

「聞こえてんのか！」

目を見開き、足を勢いよく「ダン！」と踏み鳴らした。途端に「キャッ」と悲鳴が上がり、女子たちは四散した。美濃部が安堵のため息をつく。

「い、いや、つまりその……女子だし、上級生だからな。頼まれたら断ることができなくて」

こちらが何も訊いてないうちから、美濃部がぺらぺらと弁解を始めた。

「いったいどこのやつらなんだよ」

「同じ塾に通ってるんだ」

「でもあいつら上級生だろう。なんでパシリなんてやらされてるんだ？」

美濃部は地面の一点を見つめながら黙っていた。しつこく追及するつもりはなかったので「じゃあ俺、行くよ」と手を振り、別れようとした。

「誰にも言わないと約束してくれるか」

美濃部が尊を呼び止めた。

「ああ。言わねーよ」

「実は、あのヒョウ柄の上級生、広瀬さんのことが、その……好きになっちゃったんだ」

いつもクールで、女になんか興味がないという態度を貫いている美濃部の口からこんな言葉が漏れ、正直驚いた。

美濃部は想いを打ち明けるため、長い手紙を書いて送ったのだという。この辺りは美濃部らしい。ところが広瀬は、貰った手紙を塾のみんなの前で読み上げ「キモい」とあざ笑った。

「で、ぼくが広瀬さんにセクハラしたという噂が広まって。それからだよ。パシリをやらされるようになったのは。精神的苦痛を与えられたから、賠償しろって」

「そんな塾、やめちまえよ」

「ママが許さないよ。どうしてもやめたいなら、きちんと理由を説明するしかない。そんなこと、できるわけないだろう」

「そりゃ、そうだな。けど、さっきあいつらビビってたから、もうパシリはやらされねえと思うぜ。もしまたやらされたら、俺に言え」

「ありがとう。今回はきみのおかげで助かった」

「それにしても、お前の趣味があああいうのだったとはな」

美濃部が力なく笑った。

「最初はいいと思ったんだけど……女子って、恐ろしいな」

「白鳥はどうなんだ？　あいつ、お前のこと、好きだぞ」

「う〜ん。よくわからない。彼女はちょっと子どもっぽいかな」

「大人っぽい上級生に手出したから、こんなことになったんだろう」

「ぼ、ぼくは手なんか出してないぞ。身体に触れたことすらないんだからな」

むきになる美濃部がおかしくて、尊は思わず噴き出した。

「実はつい最近、白鳥さんに家に誘われたんだよ」

美濃部がぼそりと打ち明けた。

「行ったのか」

「いや、曖昧(あいまい)な返事で逃げた。広瀬さんに手紙の件をバラされたばかりだったし、女子に対して不信感が募(つの)っていたから」

「だけどお前さー。本当は白鳥に興味あんだろう」

興味があることは、傍(はた)から見てもバレバレだった。

「まあ、悪い子じゃないけど。彼女には一度恥をかかせちゃったし。女の子のほうから勇気を出して誘ってくれたのにね。ぼくのことなんか、もういい加減うんざりしてるんじゃないかな」

「白鳥ってエレクトーン教室で、ビリなんだってよ」

「そうなのか」

「ああ。だから慰(なぐさ)めてやれよ。エレクトーンなんか弾(ひ)けなくても、白鳥はスゲーって」

一見完璧に見える美濃部にも白鳥にも、実は他人には知られたくない一面があったのだ。今まで彼らとはまるで別の世界に生きていると感じていたが、なんだかぐっと距離が縮まったような気がした。

「そろそろ帰ろう。もうすぐ万灯が出る」

美濃部がスマホ画面を確認し、言った。

「お前、お会式とか、好きなの?」

「当たり前じゃないか。池上の子どもで、お会式が嫌いなやつなんていないよ。さあ、行こう」

動こうとしない尊に、美濃部が不審な目を向けた。

「帰らないのか?」

「わかったよ。帰るよ」

二人で駅に行き、池上線に乗った。車内は尋常でない混みようだ。池上駅に着いた途端、すし詰め状態だった車両から吐き出されるように、乗客が降りてゆく。狭い通路では駅員が必死になって交通整理をしていた。こんなに人がいっぱいの池上駅は見たことがない。

改札を抜けた途端、道路の両脇に居並ぶ露店に圧倒された。焼きそば、いか玉焼き、ソース煎餅、フルーツ飴……。いずれも子どもの食指を動かすものばかりだ。まさか、こんなに露店が出ているとは。

「お会式の本番って、明日なんだろう?」

思わず美濃部に尋ねた。

「そうだけど、今日からもうお祭りが始まるんだよ。明日はもっと凄いぞ」

これより凄いというのは、いったいどれほどの規模なのか。

霊山橋を渡ると、参道の中央に木柱が何本も立っていた。万灯行列と歩行者を分けるため、設置されたのだ。総門の周りは紅白幕で覆われ、右には大きな「御會式」という看板が立っている。

立て看板とは別の側、片岡石材店の正面に万灯が置いてあった。初めて見る心睦会の万灯だ。お山の五重塔を模(かたど)った巨大な灯籠で、いくつもの花で覆われていた。「藤花」と呼ばれる桃色の紙製の花は、灯籠の天辺から垂れ下がった竹ひごに、一定間隔を置いて取りつけられている。万灯の全高は、大人の男の背たけの三倍くらい。こんなに大きいとは知らなかった。

「今日は地元だけだけど、明日は日本全国から万灯が集まるんだ。もの凄い数になるよ」

美濃部がまるで我が事のように胸を張る。新住民の美濃部にも地元愛があったのだ。それにしても、この規模の万灯が全国から集結し、町内を練り歩けば、さぞや賑やかに違いない。

「万灯までにはまだ時間がありそうだ。ちょっとその辺を見て回るか?」

美濃部の提案で露店巡りをすることにした。いつもは大人の振りをしている美濃部の瞳が、小三の子どもらしく輝いている。

「あっ?」

目を上げると、クラスの女子グループがいた。先頭に立っているのは白鳥だ。白鳥は美濃部と目が合うなり俯いた。美濃部もワザと明後日の方向を向いている。

グループの中にはあの三枝もいた。尊に突き飛ばされて怪我をした、と主張していた女子だ。突き飛ばされたんじゃなくて、勝手にお前のほうからぶつかって来て、勝手に吹っ飛んだだけだろうと反論したかった。

それにしても三枝は小さいな、と尊は改めて思った。周りをせわしなく行き来している大人の半分しか背たけがない上、ちゃんと三食食べているのか疑ってしまうほど痩せこけている。注意しないとこんな人混みの中では危ないぞ、と思っていたら、案の定、尊の目の前で人波に弾き飛ばされ、尻もちをついた。

「大丈夫か?」

差し伸べられた手が尊のものだと知るや、一瞬ぎょっとなったが、三枝は素直に握り返して来た。ぐいと引っ張ると、浮き上がるように立ち上がる。三枝はバルサ板のように軽かった。千沙ちゃん、大丈夫? と女子たちが集まって来た。

「ありがとう。平気だから」

三枝が目を逸らせながら、礼を言った。

「あの……ごめんな」

「えっ？」

「俺、ずっと前のこと、まだ謝ってなかったから」

突き飛ばしてこそいないものの、三枝に怪我をさせてしまったのは事実だ。

「あたしこそ……ごめん。ボールを取るのに夢中で、紺野くんが近くにいるの、気づかなかったから。ぶつかったの、あたしのほうかもしれないし」

「やれやれ。最初からこういう展開だったら、学級裁判などやる必要はなかったんだが」

美濃部が眉じりを下げた。

「そもそもお前が編み出したんだろう。学級裁判なんて、普通のクラスにゃあんなモン、ねーぞ」

尊が眉をひそめる。

「いや、それは……まあ、そうだ。ぼくが悪かった。ぼくの責任だ。謝るよ」

「違うの。美濃部くんじゃないの。学級委員長の美濃部くんに裁判をやるようお願いしたのは、あたしなの」

白鳥が割って入って来た。

「裁判なんてしたのが間違いだった。最初からきちんと話し合っていれば、紺野くんと千沙ちゃんは、すぐ仲直りできたかもしれないのに。無視の刑だってしなくて済んだのに。ごめんなさい。だから美濃部くんを責めないで」

「美濃部かよ⁉　俺、もしかしてお前らが仲直りするダシに使われてる？」

白鳥と美濃部が同時に赤くなった。

その時、遠くからお囃子(はやし)の陽気な音色が聞こえて来た。万灯行列が始まったのだ。尊たちは人波を掻き分け、総門のほうへ向かった。

心睦会と記した高張提灯を先頭に、纏、笛、鉦(かね)、うちわ太鼓の順に講中が行進する。トリを務めるのが万灯だ。万灯は紅白幕で飾られたリアカーで運ばれた。リアカーの中には万灯を点灯する発電機が収納されていた。

子ども用の纏はなかった。どうやら美咲は不参加らしい。

万灯行列は参道の両脇にあるお寺に順繰りに入って行った。巨大な万灯は山門をくぐれないため、露店の目の前の道端で待機している。

境内からお経が聞こえて来た。お坊さんではなく講中が読経しているのだ。最後に「南無妙法蓮華経」で締めると、再び行列が動き出す。

「あの中には、別の宗派の人も交じってるって聞いたよ。例えば、南無阿弥陀仏の人とか」

物知りの美濃部が耳打ちした。南無妙法蓮華経と南無阿弥陀仏の違いが尊にはよくわからなかったが、要はどんな宗教の人でも講中に受け入れるということらしい。

参道にあるお寺の参詣を終了した一行は、呑川のところで左折し、照栄院の前で万灯を待機させると、お題目を唱えるため境内に入って行った。

美濃部や女子グループと一緒に行列について行った尊は、行列の後ろのほうに美咲がいることに気づいた。纏ではなくうちわ太鼓を握り、ドンドンと不器用に叩いている。

照栄院から出て来た一行は、今度は同じ呑川沿いにある養源寺に向かった。

養源寺には山門からではなく、車両出入口から入った。ここなら万灯も通れる。境内にはテント小屋が設置され、料理が用意されていた。どうやらここでいったん休憩するらしい。

読経も終わりに近づいた時、偶然美咲と目が合った。

ハッとなった美咲が経本を閉じ、こちらに近づいて来た。

尊は反射的に身をひるがえした。美咲が足を速める気配を背中で感じる。

尊が駆け出すと、案の定美咲も走り出した。

二人の距離はおよそ十メートル。これなら何とかなる。

美濃部や白鳥、女子たちが、いきなり駆けっこを始めた尊と若い女性を、目を丸くして見ていた。

講中の皆も何事かと、二人に注目している。

全力でつっ走りながらも、尊は自然に口元が緩むのを抑えることができなかった。

十四　お会式の夜に

——あ～あ、またやっちゃった。

美咲は居間のソファーの上で独りごちた。

尊を認めると、足が自然にそちらを向く。こちらが近づくと、尊は逃げる。追いかければ逃げるというのは、恋愛一歩手前の男女間にだけ起こる現象と思っていたが、どうやらそうではないらしい。

やっぱり尊に嫌われているのだ。だからもう放っておこう。

昨日は己を見失っていた。捕まえて何をするのか自分でもわからないまま、ひたすら尊の後を追った。万灯参詣を中座し、こんな真似をするなんて、講中失格ではないか。しかし、一度走り出したら止められないのが美咲の性分。

とはいえ、結果的には逃げられてしまった。

霊山橋を疾風のように駆け抜けた尊は、参道を右折し、本門寺通りに入ると、人混みの中に消えた。これではもう追いつけないと思った刹那（せつな）、尊はこちらを振り向き、ニッと笑った。馬鹿にされているのだ。

そろそろ本番の万灯参詣が始まる時刻だった。

しかし、腰が重い。昨日、追いかけっこで敗退し、養源寺に戻って来た時にはすでに一行は出発していた。養源寺橋を渡り、旧道を曲がったところでやっと追いついた。弘美に「どこへ行ってたのよ」と咎（とが）められた。他の講中たちからも白い目で見られているような気がした。

とはいえ、いつまでもこうして腐っているわけにはいかない。

勢いよくソファーから立ち上がり、着替えた。トップスは半纏（はんてん）と腹掛（はらがけ）、それに鯉口（こいくち）。ボトムは股引（ももひき）に足袋（たび）。半纏の背中は、「心睦」と白く染め抜かれている。格好だけは一人前だ。

家を出る時、廊下の向こうにある住戸を振り返った。こんなに近くに住んでいるのに、まったく手の届かないところに尊はいる。

表に出るなり、昨日以上の露店が、駅の前からお山の方角にびっしりと軒（のき）を連ねているのが見えた。

凄い……。

思わずため息が漏れる。

こんな大規模に露店が展開されているのを見るのは初めてだ。人通りも、半端ではない。昨日も混雑していたが、今日はまるで、街中が朝の通勤ラッシュになってしまったかのようではないか。

「よっ、おねえさん、いなせだね」

美咲の装束に、通行人の男性が口笛を吹いた。思わず頰が熱くなる。

人混みを搔き分けて、踏み切りを渡り、池上駅南側の徳持会館まで行ってみた。徳持会館周辺には、全国から来た万灯が集結する。ここが、近在以外の万灯結社が出発する地点なのだ。

昨日は、池上の五結社が集結しただけだったが、今日は規模が違う。日本全国から集まった数多の万灯に、美咲は目を見張った。

南無妙法蓮華経と記された提灯が積み重ねられた、文字通りの万灯。日蓮聖人を模した巨大灯籠の万灯。大人の背たけをちょっと上回るくらいのミニ万灯。本来は桃色の藤花が、なぜか青と白になっている万灯……等々。地域、お寺によって実に多種多様の万灯が、今か今かと出番を待っていた。

いけない。こんなことしてる場合じゃない。もうすぐ出発の時刻だ。

踏み切りを渡り、本門寺通りを抜け、霊山橋を渡った。本妙院に着くと、もうすでに他の講中が出発準備を整えていた。

「おせーぞ」

大柄な講中たちを掻き分け、白装束を纏った少年が現れた。

尊だった。


もう見たくないものに目を瞑るのはやめた。

現実は現実としてそこにある。

裕也は死んだのだ。誰のせいでもない。不慮の事故だった。

裕也の死に真摯に向き合ったことは一度もなかった。元気な頃の裕也の思い出に浸り、もうこの世にいないという現実からは逃避していた。だから通夜にも告別式にも参列しなかった。

でも、それじゃダメだ。

意を決して、尊は裕也の家に行った。おじさんもおばさんも、一瞬驚いた様子を見せたが、すぐに「さあ上がって」と家の中に招き入れてくれた。あの事故以来、この家を訪れるのは初めてだった。

「裕也も会いたがっていたよ」

奥の座敷に通された。仏壇と位牌があり、弾けるような笑顔の裕也の写真が飾られていた。

おばさんにやり方を教わり、焼香した。パンと掌を合わせ、黙禱する。

——俺、お会式に出ようと思うんだ。いいよな。

いいに決まってるだろう、と声がした。空耳ではない。確かに頭の奥でこう響いたのだ。

(俺の代わりに纏を振れ。頼んだぞ、尊)

(おう。任しとけ、裕也)

尊はおじさんに向き直り、裕也の衣装を貸して欲しいと頼んだ。

「今、裕也と話したんです。裕也に纏を振ることを約束しました」

「そうかそうか……もちろんだとも」

おじさんが、目を真っ赤にしてうなずいた。おばさんは口元に手を当て、嗚咽を必死に堪えている。だが、尊は泣かなかった。

おばさんが白い腹掛と股引を持って来た。尊が一度試着したものだ。おじさんが「これが裕也の一番気に入っていた衣装だよ」と目を細めた。

おばさんが着替えを手伝おうとしたが、大丈夫ですと断った。裕也に教えってもらった腹掛と股引の紐の結び方は、今でもはっきり覚えている。

「ぴったりだな。まるで息子を見てるみたいだ」

おじさんの目頭が再び潤み始めた。

ガレージに行き、久しぶりに纏を手に取った。中学生用とはいえ、大人でも持つのに大変な纏は、ずっしりと重い。試しに回そうとすると、たちまちバランスを崩し、危うく落としそうになった。

だが、勘が戻るまで大した時間はかからなかった。ものの五分で、以前覚えていた技のすべてを思い出した。

「よし。行くか」

祭りの装束に着替えたおじさんが、ガレージに現れた。「尊くんが来るまでは、お会式に参加するつもりはなかったが、考えを改めたよ」と親指を立てる。

二人で本妙院に向かった。境内では、集まっていた講中が尊たちを見て瞠目(どうもく)した。

「裕也かと思ったぜ」

「おやっさんと一緒にいると、まるで親子だな」

美咲の姿を捜したが、見当たらなかった。纏はあのおばさんと振るんだ。おばさんがいなかったら裕也との約束を果たせない。

美咲が来たのは、出発の直前だった。思わず「おせーぞ」と怒鳴った。

「えっ？　えっ？」と状況を把握し切れてない様子の美咲に、有無を言わせず纏を握らせ、振ってみろ、と命じた。

「えっ？　だって、尊くん、来ないと思ってたから――昨日だって逃げちゃうし」

「いいから振ってみろって。もう時間ねーぞ」

ない。

美咲が観念し、纏を振った。相変わらず様になっていないが、人前に出せないほどひどくはない。
二、三修正ヶ所を教えた。
「こうやって腰を落として。足を引き寄せて。左手は、こういう風に持ち変えるんだ」

美咲は驚くほど素直に聞き入れ、額に汗しながら纏を回した。その甲斐あってか、短時間で随分まともになった。

「尊くん、指導うまいね。コツがつかめて来たよ」

額の汗を拭いながら、美咲が言う。

「だけど昨日は何で逃げたのよ。お会式に出るつもりなら、逃げること、なかったじゃない」

「おれ、二回勝負に負けてるからさ」

一度目はまだ美咲宛ての手紙を預かっている頃。ピンポンダッシュと間違われ、追いつかれて肩を摑まれ「どうしてそんなことをするの」と問い詰められた。二度目は藤乃屋から美咲が出て来た時。全力ダッシュで逃げたが、追いつかれ「何で追いかけて来るんだ」と文句を言ったら、逆に「何で逃げるの」と怒られた。

だから今度こそ、勝負に勝ちたいと思った。そして遂に勝った。三度目の追いかけっこは、抜群に面白かった。

「追いかけっこだったの？　あたし、てっきり馬鹿にされてるのかと思ってた。だって尊くん、最後にあたしを振り返って、ニッて笑ったでしょう」

「ちげーよ。あれは馬鹿にしてたんじゃねえ。今度こそ俺が勝ったぜっていう、勝利の微笑みだよ」

「ふ〜ん」

「あのさ」

軽く深呼吸して、美咲の顔を見すえた。

「あん時、ちょっと嬉しかった」

「あん時って？」

「ホラ、伯母さんとマンションの廊下で遣り合っただろう。俺がお会式に出るとか出ないとかで。出させてやれって、言ってたじゃねえか。あれ、ちょっと嬉しかった。言いたかったけど、今まで言えねーでいた」

美咲の口元が、今まで一度も見たことがないほどほころんだ。

「さ、さあ、もう一回練習やるぞ。ちゃんと本腰、入れろよ」

尊が美咲に纏を手渡した。

「南部」の陽気なリズムが奏でられ、万灯行列は出発した。

先頭に高張提灯、二番手の纏には尊と美咲が抜擢された。まずは尊が、軽くウォーミングアップ的に纏を回した。たちまち馬簾がくるくるプロペラのように回り、見物客から歓声が沸き起こる。「子どものくせに、結構でかい纏を器用に回すじゃないか」と、彼らの声が聞こえて来る。

すぐに纏を手渡されたので、美咲は瞬間的に首を振った。自分はアシスト役だから、尊が疲れた時の繋ぎをやるだけでいい。

尊が眉根を寄せ、ギロリとにらむので、仕方なく纏を受け取った。左手で心棒を、右手で石突きを握り、回そうとした刹那、バランスを崩し、危うく纏を落としそうになった。途端に見物客の間で、悲鳴と嘲笑が交差する。驚くべき敏捷さで纏を支えた尊に「落ち着けよ」と叱咤された。

「さっきは、あんだけできたじゃねーか。練習通りやれよ」

深呼吸して纏を握り直した。練習の時は止まったまま回したが、本番では練り歩きながらだ。気合を入れ、纏を回した。今度はちゃんと回る！

「よし、次は返すんだ」

苦手な纏返し。ちゃんとできるかどうか怪しい。だが、先ほど練習の際はできた。

――足を後方に引き寄せ、右手を高く上げながら、左手を逆手から順手に持ち変えて……。

尊に指導された通り、身体を動かした。

――それから、纏を右肩の後ろから背中へ引き、重心を右足から左足に移して……。

できた！

といって、歓声など無論起こらない。纏振りにとっては基本中の基本の動作を、クリアしただけなのだから。

昨日と今日の道中の順路は異なる。

昨日は参道を駅方面に戻り、霊山橋の手前で左折したが、今回は片岡石材店脇の路地から、お山に沿って練り歩いた。

一行は稲荷神社の前で左折し、バス通りをさらに進む。

ちなみにお寺ばかりが有名な池上にも、神社がある。稲荷神社の他にも大森四中に隣接する堤方神社や、やや離れた場所にある太田神社等々。

美咲たちの後ろで纏を振っているのは、裕也のお父さんをはじめとする屈強な講中たち。裕也のおとうさんは、尊が振るなら自分もと、久しぶりに纏を握った。若い講中に勝るとも劣らない機敏な動きで、観る者を魅了している。

大通りに入ると、尊の演技が、段々派手になって来た。

俗にいう逆さ前回しというやつだ。重心を低くし、大きな円を描くように纏を地面すれすれのところで回す荒業。大人でもこんなことができる者は少ない。

沿道から「紺野く～ん」と黄色い声援が飛んだ。小学生のグループがいる。尊の同級生なのだろう。先頭にいるのは、眼鏡をかけたいかにも優等生風の男子と綺麗な女子。よく見ると寄り添った二人は指を絡めている。近頃の子どもは、小三でもうカップルになるらしい。

駅前広場に着くと、再びお山の方角に舵を切った。いつもは閑散としている本門寺通りも、今日ばかりは人波で溢れていた。決して広くない道は、両側に設えられた露店のせいでさらに狭くなっている。そこを巨大な万灯と講中の集団が通過するのだ。この時ばかりは尊も脇を閉め、地味に纏を振るに留めた。

狭い本門寺通りから、広い新参道に出るなり、尊のエネルギーは全開になった。

大技、逆さ前回しの次は、まるでそれを巻き戻したかのような動きを見せる、逆さ後ろ回し。観客が驚嘆のため息をついた。新参道には他の結社の纏振りが大勢いたが、その中の誰よりも尊の動きにはキレがあった。

「たっくん」

声がした方向を見やると、舞が沿道にいた。普段は禁止されているに違いない綿菓子を手にしている。両脇には美弥子と、大手建設会社に勤めているというご主人。二人は美咲と目が合うと、控え目に会釈した。

裕也のお父さん――中田さんが纏を振りながら尊に近づいて来た。状況をすぐに察知した尊は、中田さんと向き合った。そのまま回転しながら、二人は纏を振った。ただし左右逆の動きだ。中田さんが纏を左斜めに出せば、尊は右斜めに出す。二人のクロスした動作は、見事なシンクロを見せた。

中田さんが二歩後退すると、腰を落とし、逆さ前回しを始めた。馬簾が地面を叩き、土埃が舞い上がる。しばらくその様子を見ていた尊が、半歩タイミングをずらし、同じ動作を開始した。中田さんが纏を振り下ろせば、振り上げるといった具合だ。まるで二人で大きな車輪を回しているようだった。

どよめきと共に拍手喝采が起きた。舞が飛び上がって手を叩きながら「たっくん、凄～いっ！」と叫んでいる。

霊山橋を渡るとお山の総門はもう目の前だ。

総門の前では、まるで渋谷のスクランブル交差点のように、パトカーの屋根に登ったＤＪポリスが交通整理をしていた。

総門を潜り、此経難持坂に差しかかった。九十六段。長さ六十メートル。高低差二十五メートル。平均斜度二十四度。尊と裕也が駆けっこを競った階段坂である。

坂の麓で、講中たちが万灯をリヤカーから降ろし始めた。

纏を年配の講中に預けた尊が、手伝いに向かう。美咲も尊の後を追った。

講中の一人が注意する。

「おい、これは重いぞ」

「平気っす」

大人に交じって尊が、万灯を担いだ。美咲も担ぎ棒を握った。

講中たちが一丸となり、万灯を運ぶ。

正直辛かった。ずしりと重い万灯を背負いながら、急な階段を一歩一歩慎重に登っていくのだ。担ぎ手の一人でもバランスを崩せば、巨大な万灯が階下に転落する。大事故が起こりかねない。

元気な太鼓と鉦のリズムに励まされ、掛け声を上げながら階段を上った。真夏でもないのに皆、滝のような汗を掻いている。

これが万灯参詣のクライマックス。

仁王門の向こうに、南無妙法蓮華経と記された巨大な御柱が見える。

あともう少しで終点。池上本門寺の大堂だ。

☆
☆　☆

いろいろバタバタしていたせいで、しばらく前から「妖精のおばあちゃん」こと田中久恵を、家の前の通りで見かけなくなったことに気づかないでいた。

ある朝、美咲が朝食のパンを買いに行こうと表に出たところ、突然背後から「ごきげんよう」と声をかけられた。

久しぶりに見る久恵だった。杖をついている。

「今日もいいお天気ね」

「そうですね。お久しぶりです。しばらくお目にかかりませんでしたね」

「あら、そうだったかしら」

「あの、足、お悪くされたんですか？」

久恵が手にしている四点杖に目を向けた。

「えっ？　ああ、そうそう。実は転んでしまってね」

家の台所で転倒したという。大腿骨を骨折していたので、手術のため入院。今は杖をついて歩けるまでに快復した。

「それは大変でしたね。大丈夫ですか」

「平気平気」と言うが、やはり気がかりだ。久恵はまた例の曲がった一本松を拝みに行くという。

「ご一緒しましょう」

久恵の腕を取った。

旧参道を抜け、呑川を渡ると右折した。そして養源寺の路地に入り、お山の麓を迂回し本門寺公園に向かう。以前にも一度通ったルートだ。

しばらくぶりに見る曲がった松は、大変なことになっていた。

まず、御神木のようにしめ縄が巻かれている。そして、なんと松の前にはさい銭箱まで置いてあるではないか。周囲にはすでに人だかりができ、犬を連れた老人やら、赤ちゃんを抱いた若い母親などが幹に向かって拝んでいた。

久恵が百円玉をさい銭箱に投げ入れ、手を合わせた。箱の中はすでに小銭で溢れている。

これはいったいどういうことなのか。

「おはようございます」

聞き慣れた声がしたので、驚いて振り向いた。

「住職！」

作務衣(さむえ)を着た早見住職が、昇り始めた朝日に目を細めていた。

「どうしたんですか？　こんなに朝早くから」

「僧侶だって、早朝散歩ぐらい楽しみますよ」

「この松は、日蓮宗の御神木か何かなんですか？」

「いえいえ。ただの木です」

「ならどうして、こんなことになってるんでしょう」

「誰かがいたずらで、しめ縄を飾りつけたんじゃないですかね。不思議な格好をした松ですから。そしたら今度は別の誰かが、古いさい銭箱をどこからか持って来た。そのうち拝む人間が現れ、日に日に増えていったのでしょう」

「しめ縄やさい銭箱が置かれる前から、拝んでいる人はいましたよ。南無妙法蓮華経って唱える人もいましたけど、よくわからない呪文や、かしこしかしこしって唸(うな)ってる人もいました」

「奇妙に曲がった松を見て、神仏が宿っていると思ったのでしょう。だから、ありがたやと唱えるんです」

「でも、この松に神仏なんか、本当に宿ってるんですか？」

「それは、あまり関係ないのです。日本人は、あらゆるもの、山川草木に神や仏が宿っていると感じます。だからこの奇妙な松をありがたいと思い、拝む。自己流のお題目も唱える。正直、宗教の概念なんて人々にとってはどうでもいい。小難しい教義や思想に振り回されないことこそが、信仰の原点だとわたしは思います」

特定の宗教色に染まりたくない美咲は、この考えには同感だった。これならもしお寺に嫁いでも、何とかやっていけるかもしれない。

あの送り狼の事件以来、美咲と住職は、密かに愛を育んで来た。

お会式も無事終了し、尊との仲も修復した今、そろそろ将来のことを真剣に考えなければと思い始めている。

お会式以来尊は、美咲の家に遊びに来るようになった。

美弥子との仲は改善されたが、やはり家の中にいると息苦しさを感じるという。リビングに居場所はないし、部屋の中にいると舞の勉強の邪魔になるらしい。下校途中に藤乃屋に寄ってくず餅のお土産(みやげ)をもらうと、美咲から家の鍵を借り、帰って行く。

「ちゃんと宿題やるのよ」

「わかってるって」

尊は、美咲のマンションの居間で宿題をやったりテレビを観たりした後、夕食の時間になると自宅に戻る。

ところが近頃、舞も遊びに来るようになった。尊は舞に、ついて来るなと言い聞かせているが、従うつもりはないらしい。美弥子が舞を迎えに来ても、まだいたいとダダをこねる。

「おばさん、舞に好かれてるんだな」

「おばさんって呼ぶのやめてって言ったでしょう。好かれてるのはあたしじゃないよ。尊くんじゃないの？」

「そんなことねーよ。喧嘩ばっかりしてるし」

「喧嘩できなくなると寂（さび）しいんだよ」

とはいえ、あと三年もすれば、あの狭い子ども部屋を二人で使うのは窮屈になるだろう。間取りは２ＬＤＫなので、尊のために部屋を一つ提供してもいいかなと思っている。

「今物置きになってる部屋、自由に使ってもいいよ。もう少し大きくなったらね」

「あの奥の部屋？　結構でかいじゃん。本当に使ってもいいの？」

「構わないよ。誰も使わないの、もったいないから。あたしたち、同じ講中だし遠慮いらないから」

尊や美咲のような、家族がいない人間にとって、講中は寄る辺のようなものだ。

「だけどよ。もしかしておばさん」

おねえさん、と正した。

「もしかしておねえさん、俺に管理人、やらせようとしてるわけじゃねーよな」

「管理人？」

「だって、おねえさん、結婚したらお寺に住むんだろう。そしたらここ、空き家になるじゃんか」

「えっ！」

耳たぶがカ〜ッと熱くなった。

「だ、誰がそんなこと言ってるの？」

「みんな言ってるよ」

「講中のみんな？」

「だけじゃなくて、学校のみんなも言ってる」

なになに？　とリビングで宿題をやっていた舞が、エンピツを置き、こちらにやって来た。

「おねえさん、結婚するんでしょう？　本妙院のお坊さんと」

「しないわよ」

「本当？　みんな結婚するって言ってるよ」

舞のクラスにまでそんな噂が伝わっているのか。

「な、なんで、小学校のみんなが、そんな根も葉もない噂をしているのかしら」

「だって本妙院って校庭のすぐ隣にあるし。通学路だし。おねえさんがお寺に入って行くのも丸見えだから」

「そうだよ。もう池上中が結婚のこと知ってるぜ」

耳たぶどころではない。身体中が熱くなり、まるでサウナの中にいるようだった。

恐るべし池上。

都会のど真ん中にあるのに、大いなる田舎のような不思議な町。

夕食時になり、美弥子が二人を迎えに来た。いつもすみません、と頭を下げ、尊と舞を引き連れ帰って行く。去り際に尊が、親指を突き立てニッと笑った。それを見ていた舞が、すかさず同じ仕草をする。だんだん本物の兄妹のように振る舞うようになって来た。

二人を見送りがてら、外廊下に出た。

空には真ん丸い月がかかっていた。満月は愛を引き寄せると何かの本で読んだことがある。

そういえば明日は本妙院で、結婚式を執り行う。

お寺は弔事専門かと思っていたが、慶事も行うのだ。

邦人女性と仏人男性のカップルで、日本で伝統的な式を挙げたいと願っていた。主だった神社はどこもいっぱいだったらしく、なぜか本妙院に白羽の矢が立ったらしい。

といっても、慶事をやったことのない早見住職はオロオロするばかりで、美咲が自ら手伝いを申し出た。二人で進行表を書き、花や料理のセッティングもした。周囲からは、もうすっかりお寺の奥さんと思われているかもしれない。

今一度満月を見て、どうか明日の結婚式がうまくいきますようにとお願いした。

一陣の風が吹き、美咲のうなじを優しくなでた。

了

参考文献

『月刊いけがみ』　池上本門寺

『万灯行列に関する研究—日蓮宗のお会式における万灯行列のお噺子と纏の動きについて—』　和田春恵著　東京女子体育大学紀要　第35号　別冊

『都市化に伴う祭礼組織の変容—池上本門寺御会式万灯参詣を事例として—』由井花恵著（明記されていないが、法政大学・学生論文）

『大田区の文化財　第十五集「郷土芸能」』　東京都大田区教育委員会

『仏教行事歳時記　10月　十夜』　瀬戸内寂聴他監修　第一法規出版

『仏教民俗学大系⑥　仏教年中行事』　伊藤唯真編　名著出版

『大田区史　資料編　民俗』　大田区史編さん委員会　東京都大田区

本書は書き下ろし作品です。また、この物語はフィクションであり、実在する人物・施設名。団体などとは一切関係ございません。

謝辞

取材に協力してくださった、すべての池上の方に。

黒野伸一（くろの・しんいち）

一九五九年、神奈川県生まれ。『ア・ハッピーファミリー』（小学館文庫化にあたり『坂本ミキ、14歳。』に改題）で第一回きらら文学賞を受賞し、小説家デビュー。過疎・高齢化した農村の再生を描いた『限界集落株式会社』（小学館文庫）がベストセラーとなり、二〇一五年一月にNHKテレビドラマ化。近著に『脱・限界集落株式会社』（小学館）、『となりの革命農家』（廣済堂出版）、『長生き競争！』（廣済堂文庫）、『国会議員基礎テスト』（小学館）、『AIのある家族計画』（早川書房）、『グリーズランド1 消された記憶』（静山社）など著書多数。

装画 村上テツヤ
装丁 城井文平
校正 皆川 秀

お会式の夜に

二〇一九年八月二〇日 第一版第一刷

著者 黒野伸一
発行者 後藤高志
発行所 株式会社 廣済堂出版
〒一〇一－〇〇五二
東京都千代田区神田小川町二－三－一三
M&Cビル七階
電話 〇三－六七〇三－〇九六四（編集）
〇三－六七〇三－〇九六二（販売）
FAX 〇三－六七〇三－〇九六三（販売）
振替 〇〇一八〇－〇－一六四一三七
URL http://www.kosaido-pub.co.jp
DTP 株式会社 明昌堂
印刷所・製本所 株式会社 廣済堂

ISBN978-4-331-52253-0 C0095